Atado a la Desdicha

Un contrato desafortunado

Jo David

<<Este libro va dedicado a tres personas que como triángulo perfecto constituyen mi vida. En uno de esos lados está mi madre, una fuerza implacable e indetenible de justicia y valor, de donde he heredado la necesidad de nunca detenerme. Ella representa el valor y el manantial de mi aspiración. Los otros dos lados lo constituyen mis amados hijos, que con sus preguntas me han obligado a pensar la forma de contestar cada una con la mejor imaginación y certeza posible, entrenándome para escribir novelas como está. Gracias a esas preguntas nace este escrito.

Espero que puedan obtener una idea de cómo son ciertas cosas de la vida según mi perspectiva y de allí ustedes puedan descubrir e imaginar sus respuestas. Para Teonilda, Erick y Owen con mucho cariño>>

<<Para mis hermanos, amigos, compañeros de trabajo y personas que han creído en mí hasta en mis peores momentos. Le dedico cada línea y palabra. Delcis Reynoso mi amada profesora de la universidad, Gracias por sus correcciones, por aportar sus ideas y por ayudarme a ordenar las ideas.>>

<<Todo eso era muy fácil, ¿No crees?>> <<¿Por qué no me fijé en eso antes?, Caí como un tonto en sus manos>>

<<Que tan especial debe ser un hombre, para que un príncipe se enfoque únicamente en sus problemas. Acaso ¿No somos todos semejantes ante los ojos de Dios?, ¿Te crees diferente a los demás? O ¿Eres el único que ha sufrido en la vida?>>

Capítulo I

Los Sueños de la Miseria

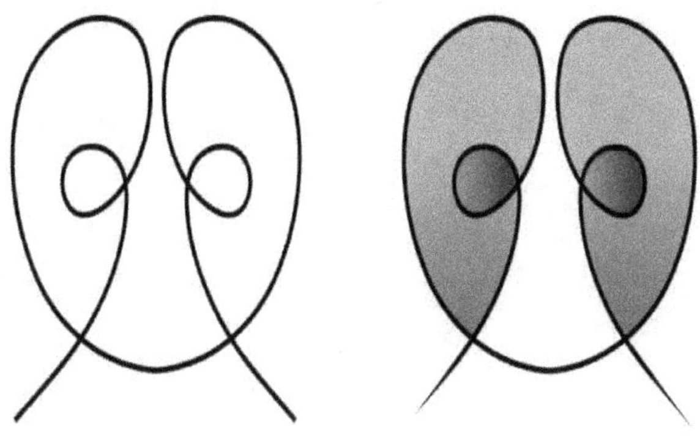

Acomodate en tú asiento, toma una buena postura y prepárate para leer la historia que deseó contar.

Este es el relato de Don Agapito, señor que mide aproximadamente unos 6 pies de altura, tez morena y contextura delgada.
En su colección de ropa (si así se le puede llamar) posee dos pantalones y tres camisas. No se puede ser tan preciso con los calzones y medias. Eso sí, Agapito lleva consigo a todo lado un sombrero, ya desgastado su color por los años y el sol. Pues lo había obtenido a la edad de 16 y para la fecha donde sucede este relato ronda los 60 años.

La vivienda dónde ha pasado gran parte de su vida, es una pequeña choza de palma de cocos; techada con yagua y cana de palma real. Tanto el sombrero cómo la choza sufren del mismo desgaste en su color, el pasar del tiempo y el sol no perdonan.

Resta decir que es un hombre pobre, de aquella época donde el trabajador del campo es más bien esclavo de sus deberes. Es una sociedad post Trujillo dónde se debate el rumbo que debe tomar un país tomado a armas por militares y políticos corruptos.

A pesar de tener una suerte de perro (cómo coloquialmente se le llama a la mala suerte), ya que lo económico y el amor han fracasado con el. Agapito es una excelente persona, además de sus maravillosos dotes para la agricultura, el arado y limpiar los canales de reguío de la zona donde vive.

Durante muchos años fue una solución para los problemas de la comunidad desde su llegada, Agapito se vió obligado a marcharse de su pueblo natal debido a una difícil situación que se presentó de muy joven y que lo obligó a buscar otro rumbo. Cómo todo joven llegó a enamorarse, lo hizo de la señorita Georgina, sobrina de su patrón y protector. Don Aurelio Vásquez, hacendado de la parte sur del país, ganadero prolífico, ostentaba una producción lechera mayor que cualquier empresario hasta ese momento y de las carnes ni decir. Mantuvo bajo protección a Agapito hasta el día que se enteró de las pretensiones hacia su sobrina, era inconcebible que un huérfano y pordiosero como Agapito pretendiera en matrimonio a la heredera del imperio ganadero Vásquez. Así que Don Aurelio Vásquez expulsó de sus tierras y prohibió acercarse a su sobrina al antiguo protegido.

Previendo que nadie lo contrataría por temor a Don Aurelio Vásquez, sin familia y con apenas 17 años, decidió olvidarse del amor. Con arrogancia, lleno de ego y juventud insensata. Se propone volver a dicho pueblo cuando triunfe, pueda comprar su propia finca, ganado y reclamar la mano de su amada
(Si todo lo que pensamos desde la inmadurez de nuestra juventud se hiciera realidad, nadie se quejara de su pasado).

Pero no ha podido cumplir lo que se propuso en su juventud, en el lejano campo donde ahora vive. Es una pequeña comunidad fronteriza cerca de la empobrecida Juana Méndez pero del lado dominicano, dónde la agricultura es tan difícil como las lluvias. Nunca llueve, manteniendo el suelo seco y haciendo muy difícil la agricultura.

Aquel día que todos un día tenemos, ese mismo donde te pones de pie, observas tus manos y te preguntas ¿qué estoy haciendo con mi vida?. Ese día llegó a Agapito, ya a sus casi 60 años. Él había ignorado su pobreza, dolores, soledad, pero ese día se detuvo a pensar. dándose cuenta que cada vez veía menos caballos pero más camionetas, menos casas de madera, un creciente aumento de block, varilla y zinc. Mirando la condición de su pequeña choza, levantó la mirada al techo que le saluda con cálidos rayos del sol, los cuales pasan a través de los agujeros que están allí para recordar la desdicha en la que está sumido Agapito, es como despertar de un sueño y entrar en una pesadilla. ¿Por qué sonreír a la desgracia? Piensa muy entristecido, mientras lágrimas polvorientas de color barro caen en sus manos desgastadas.
¿Por qué hoy me importa la miserable vida que llevo? Vuelve y piensa Agapito antes de acostarse sobre lo que él llama cama. Antes de quedarse dormido, con el estómago recordando que desde el día anterior no había comido, hace unas plegarias a Dios. -No sé que he hecho para merecer esta vida, pero si no es mucho pedir cambia mi destino. ¡Amén!-.

Siendo las 4 de la tarde, se despierta. Se coloca las botas de goma que más bien le quedan como chanclas, ya que los dedos quedan al descubierto. Al salir de la casa, nota el sol de un color rojizo. No pierde tiempo y se dirige a la casa de Don Andrés, quien debía pagarle un arado ya realizado.

Al llegar donde Don Andrés, era esperado con ansias, incluso con un café caliente sobre la mesa. Es que Agapito es demasiado puntual y predecible. Don Andrés emocionado señala el sol a Agapito, preguntando si se detuvo a admirar y que si sabe el significado de dicho acontecimiento. A lo que Agapito responde con una negativa girando la cabeza hacia los lados. Don Andrés entonces le responde diciendo que el color del sol quiere decir milagro, por lo tanto hoy no iba a pagar ni un peso por el trabajo realizado está mañana. Agapito que es un hombre de poco hablar, se queda tranquilo escuchando lo que Don Andrés tiene que decir. -Te digo Agapito que las ánimas me han confesado que no necesitas dinero, que lo único que necesitas es. Una gallina ponedora para saciar tú hambre y un gallo peleador para cambiar tú destino- con esas palabras de Don Andrés quedaba claro, sus plegarias se escucharon en los cielos. Con poca expresión a lo sucedido, se toma el café y coje sus aves. -Es más que suficiente Don Andrés, Gracias- responde Agapito antes de retirarse.

Debido a que agapito un poco enojado, lleva agarrada por el cuello a la gallina, está va dejando un rastro de huevos en todo el camino desde que salió de la casa de Don Andrés. Agapito que puso el gallo en el sombrero por temor a ser cortado por las espuelas, se lamenta no poder recoger los huevos y comérselos. -Qué respuesta más tonta me da el cielo, una gallina y un gallo. Al parecer estoy destinado a la pobreza y la soledad-. Piensa Agapito mientras va pasando frente a la gallera de la comunidad, la cuál goza de una muchedumbre agitada por los juegos que se llevan a cabo cada fin de semana. Desde ese punto mira su choza y se detiene. Piensa que ir a su choza a trancarse y deprimirse no es bueno para él. Así que decide entrar a la gallera, la curiosidad se había manifestado en un hombre de cerca a los 60 años, algo poco común a esa edad.

Entre todas las personas que se encuentran en la gallera, se incluyen varios hacendados de la parte sur del país e inclusive de la ciudad capital. Todos acuden a la cita en esa pequeña comunidad, para ver sus gallos enfrentar a los de sus contrarios y poder demostrar con orgullo el linaje de sus animales.

En el instante que agapito entra a la gallera, el presentador de las peleas está invitando al público hacer sus apuestas al gallo más poderoso de la comunidad, pero antes de terminar de hablar el gallo que estaba en el sombrero de Agapito, salta hasta la arena de pelea. Agapito que intenta atraparlo casi cae de cabeza en la Arena de pelea, pero gracias a las otras personas que lo auxilian para no caer, puede reincorporarse. Cosa del destino en ese momento lanzan otro gallo a la arena de pelea, el cuál abre las alas en el aire para amortiguar su caída, se ve colorido, maduro y mucho más fuerte que el gallo de Agapito además está armado y listo para pelear. Tan pronto el gallo de Agapito lo ve se le va sobre él, dando un certero golpe entre el pico y el ojo izquierdo, matándolo al instante y alzándose con la victoria.
La gallera estalló en algarabía, celebrando la victoria de Agapito y su gallo. Es inexplicable la felicidad de los presentes, una felicidad de tal magnitud no se había expresado en la comunidad desde que expulsaron bajo armas a los invasores haitianos por las fuerzas trujillistas décadas antes. Agarraron el gallo y se lo entregaron a Agapito, preguntando cuál era el nombre de tan prodigioso gallo. A lo que Agapito aún asustado por el tumulto respondió que no sabía, puso su gallo en el sombrero y se marchó a su casa. A la salida solo se escucha -cachucha, cachucha, cachucha...-.

Agapito se encerró en su choza, soltó a la gallina que había dejado de poner huevos y al gallo que se notaba más seguro que antes, Abrió sus alas y cantó tan fuerte que el polvo sobre la cama se sacudió. -Yo que estaba tan tranquilo en mi vida, mirá ahora el problema que me he encontrado por este gallo. Al desnudo todo le llega menos ropa- dice Agapito mientras escucha a alguien acercándose a su choza, rápidamente busca su puñal oxidado que está sobre la mesa y se acerca a la puerta para observar a través de uno de los agujeros de quien se trata.

Procurando con voz en alto a Agapito, el joven que anunciaba las peleas, le pide que salga y Agapito procede abrir. -Aquí están tus 10 pesos, por la pelea de hace rato. Menos comisión, claro.- Este es el dinero que la pelea ha dejado, Agapito cobraba 50 centavos el día de trabajo y apenas en unos minutos la suerte le regaló 10 pesos. Tomó el dinero, cerró la puerta y se volteó hacia donde está el gallo. -Eres quien cambiará mi destinó- le dice, con una sonrisa parecida a la de un niño pequeño cuando obtiene su primer pago por hacer cualquier tarea hogareña remunerada.
Apenas es viernes de un fin de semana de Abril, eso significa que si el gallo puede pelear seguido los próximos dos días y gana las peleas, Agapito podría reunir hasta 30 pesos.
Esa noche durmió entre polvo, luz de estrellas y sueños de riquezas.

Al amanecer y como cada día, se despierta para madrugar y salir a trabajar. Observa al gallo desde su cama, aún dormido en lo alto de la choza. La gallina que está despierta y picoteando el suelo que no es más que tierra suelta, dejó dos huevos a la Vista de Agapito. Cómo retribución Agapito les deja en el piso dos mazorca de maíz, tan secos que parecen muzu de baño.

Aún está oscuro, frío y tenebroso. Dónde toca trabajar es en la finca de Don Andrés pero falta un tiempo para eso, decide bajar al río para darse un merecido baño antes de todo.
Al llegar, se retira todos los trapos que usa como ropa, bota y sombrero por igual. Se sienta sobre una roca del río, toma su sombrero y con el agua que recoge se baña. Es un pequeño río llamado Tayi, es de nulo caudal, apenas llega en su parte más profunda a la pantorrilla y además está ubicado entre las fincas de Don Andrés y Don Mateo. Toda aquella persona que desee entrar a este río debe hacerlo por la vía de Don Andrés, por lo temible que es el odioso Don Mateo. Un hombre aburrido, de baja estatura, cabello canoso, hinchada barriga y de enorme bigote. Los ojos están como hundidos en su cara y alrededor de ellos un círculo negro recubre la entrada a su vista. Muy indeseable y poco querido en la pequeña comunidad. Los visitantes que desafortunadamente son encontrados sin permiso en sus dominios, no corren con buena suerte.

Mientras Agapito se baña, se escucha en los matorrales pisadas de caballo y se ve una lámpara. Se acerca a la orilla del río un imponente caballo color negro, quien lo monta trae en su mano derecha una lámpara de kerosene y en la izquierda una escopeta. Es Don Mateo con su distintivo e imponente bigote color blanco, que se queda mirando a Agapito en total desnudes.
Agapito que reconoce el bigote desde que logra alcanzar a verlo, sin esperar una sola palabra de vuelta lo saluda, -Buenos días- le dice. A lo que Don Mateo sin pensarlo dos veces le responde de inmediato -para usted lo son seguramente, ya que amaneció con los bolsillos llenos sin trabajar-.
El comentario desmedido no le gusto a Agapito, frunció la cara y sutilmente le preguntó. ¿Por qué le falta al respeto? si conoce su humilde profesión y no es conocido por robar.

Don Mateo con una sonrisa entre dientes, le contesta que no ha hablado de robo alguno, pero que el dinero que se ganó ayer en la pelea de gallos, proviene de sus bolsillos. Agapito sorprendido lleva sus manos a la cabeza, pidiendo perdón y prometiendo devolver ese dinero que había llegado a sus manos sin el querer. A lo que Don Mateo muy ofendido le responde, que no importa -fue mejor la suerte que el gallo-, le pide que guarde ese dinero para el encuentro que se celebrará ese día en la tarde, que su mejor gallo va a pelear y va apostar 100 pesos contra esos 10 a la Victoria de su campeón.
Agapito que se está poniendo las botas para ir a trabajar le comenta, que no tiene intención de convertirse en gallero, no posee nada de conocimiento de eso y que prefiere devolver el dinero para mantener la paz.
Don Mateo levanta la escopeta y apunta en dirección a Agapito. -Mi orgullo fue pisoteado por un sucio y asqueroso campesino. Además tú pichón mató a un gallo que valió Miles de pesos, de los mejores y murió en la primera pelea. Así que tú pichón debe morir de igual forma, en el mismo lugar y así restituir mi honor de gallero. Así que te espero esta tarde o te saldré a cazar, Dando muerte a tí y a Cachucha-. Retirándose Don Mateo luego de tan puntual amenaza, pero unos cuantos pasos adelante se detiene y grita -llega temprano-.

Agapito toma su sombrero aún húmedo, se lo pone y camina hacia la casa de Don Andrés. Cuando llega, el olor a café tostado despierta los ánimos de Agapito, quien se dirige directamente al fogón. Don Andrés que lo ve entrar y está sentado. Lo recibe con un caluroso saludo y sonriendo le comenta que escuchó lo de cachucha ayer. Agapito que no le hace mucha gracia el comentario, le responde comentando lo sucedido en el río con Don Mateo. Don Andrés que conoce desde la infancia al bigotón como le apodó, le dice a Agapito que la mejor solución es hacer que Cachucha enfrente todos los gallos que el bigotón quiera, hasta pueda ganar o se cansé de perder. Puntualizó que Cachucha va a ganar cada una de las peleas, eso vió en sus sueños.
Agapito pregunta ¿Entonces por qué me lo diste a mí?. Las animas, las animas Agapito, Contesta Don Andrés que sostiene un jarro de café caliente. Señalando con la mano izquierda a Agapito que tomará un vaso por igual con café. Mientras el sol indica con un rayo tenue de luz, que es hora de trabajar. Don Andrés convence a Agapito de tomarse el día libre, ordenó a la sirvienta buscar víveres y huevos para hacer un desayuno a su invitado. Abundante gratitud en el rostro se le nota a Agapito, por la cortesía de su recién proclamado amigó. Al mismo tiempo Don Andrés quiere contarle algunas cosas de los gallos y del peligro de jugar. -Puede darte todo, también quitartelo todo. Así es la vida, sé cuidadoso y nunca olvides que la balanza puede girar para el lado contrario en cualquier momento-. Señala Don Andrés.

Es una mañana atípica para Agapito, por primera vez en su vida puede disfrutar el inicio de un día cualquiera, saborear el olor del café, desayunar, charlar y ser visto como un señor.

Don Andrés lleva a agapito al gallinero, dónde están sus gallinas y los gallos de pelea. -Agapito te enseñaré lo básico para que te defiendas en la gallera, presta atención- le dice. Indica que es un rejón, saqueta, espuela, traba y el -baño de tabaco- que todos los galleros conocen. Toda la emoción que a esta edad su cabeza le permite está presente, mientras Don Andrés le intenta enseñar lo que para él sería lo básico en una persona que se propone la profesión de gallero. Las ilusiones de poder ganar las peleas que se le avecinan, inundan su ser y se ligan con las ansias de obtener mucho dinero. Así que al ver esa sonrisa deslumbrante de un hombre que comienza a cultivar sueños y esperanzas de riqueza. Don Andrés cauteloso le comenta a agapito, -amigo mío, ciertamente mis deseos de que salgas de esas penurias y puedas construir una buena casa, Tener lo que desees y puedas formar una familia. Están cerca de cumplirse en tí, pero ¿Sabes que vas hacer con la fama y la fortuna que te depara en tú futuro?-. Agapito se queda pensando lejos, esa pregunta no tiene respuesta para él, le faltan las palabras como siempre. Don Andrés que entiende de la pobreza le réplica, -Amigo mío, todos los hombres somos iguales ante Dios. Nos diferencian nuestras acciones y decisiones. Por eso te pido que seas cauteloso, prudente y humilde con lo que te viene. Porque vas a otro tipo de miseria social y otros infortunios-. Creando más incertidumbre dichas palabras en agapito.

Poniéndose de pie, se despide y pretende regresar a su choza. Todo el camino va pensando en las palabras que Don Andrés tan puntual dijo.
En sus pensamientos, descubre lo tranquila que es su vida. Una vida sencilla, humilde y en paz. No tiene que compartir nada con nadie, ni pedir permiso para nada y mucho menos preocuparse por más nadie que sea él. Todas estas comodidades simplemente porque Agapito no tiene nada que los demás desean. Además que al ser huérfano las pocas responsabilidades que tiene son propiamente con él. Si quiere comer por ejemplo, elige lo que desea. Bebe tanto como se lo permite el cuerpo, a nadie le importa si masca tabaco, puede llevar a su cama cualquier mujer (física o mentalmente). Pensando todo esto Agapito siente que su vida es un lujo que pocos pueden disfrutar, pues su soledad para muchas personas sería una bendición.

Entonces Agapito se pregunta -según lo que Don Andrés me dice, cuando comience a ganar dinero todo cambiará. ¿Quiero cambiar lo que hoy disfrutó por unos cuantos pesos?.

Un gran ejemplo del predicamento que lo aqueja, es la historia del conocido -Don Víctor-. El gran bananero del Norte, con hectáreas y hectáreas de bananas. Hizo una gran fortuna, gracias a un acuerdo con la compañía norteamericana NFC, que en los años de la dictadura se radicó en la República Dominicana. Obligando a cientos de campesinos a trabajar, casi a contrato de esclavos para cultivar bananas. Con su riqueza pudo enamorar a la mujer más bella de las Américas, una dama educada, alta, rubia, ojos verdes, de buena cuna y riqueza. Don Víctor teniéndolo todo era un hombre infeliz, Dios lo qcastigó con una mujer bella pero infértil. Esto lo llevó a tener muchas concubinas para poder obtener su ansiado primogénito, cosa que era mal vista por una iglesia que no creía en los divorcios. Don Víctor lleva 10 demandas de paternidad, 15 conciliaciones matrimoniales y una vida totalmente pública. -¿Quién en su sano juicio es feliz así?. Aunque por otro lado, tiene el dinero suficiente para pagar a cada hijo sus alimentos, tiene la mujer perfecta y puede darse el lujo que desee-.

Al llegar a su choza, tanto la gallina como Cachucha se detienen a observar a su dueño.
El predicamento que trae consigo es obvio hasta para las aves. Agapito que con la edad que lleva sobre sus hombros, se percata de esta extraña coincidencia. A falta de sillas se sienta sobre la cama y fijamente observa a la pareja. -Quieren decirme algo ustedes dos- dice. De un salto, Cachucha cae sobre la pierna derecha de Agapito y con un sencillo -cock-cock- da a entender que es la respuesta a lo que insinúa. Agapito se asombra de recibir una respuesta de un gallo, observa a la gallina que está picoteando el piso de tierra y esto lo lleva a cuestionar su cordura. - Ya estoy oyendo cosas, mejor le pongo maíz y agua-. Dice agapito, mientras se quita aquello que llama botas, tirando sus pies desnudos a la tierra y dirigiéndose a colocar el alimento a las aves.

-Cachucha- es el nombre con el cuál bautizaron al gallo de Agapito los espectadores de la gallera pero a la gallina aún no le ha puesto ninguno. Mientras lo ve comer juntos comienza a tener un sentimiento de aprecio por las aves y confiesa -ya que Agapito tiene su nombre a ti debo ponerte el tuyo, pues son parejas y así en esta casa habrá un matrimonio Cristiano-. Buscando en su cabeza qué nombre le acomodará a la señora de Cachucha, -Juana- es el mejor piensa Agapito.
Así que la pareja se llamará Cachucha y Juana, ante los ojos de Dios.

Mientras Cachucha y Juana se alimentan. Agapito observa fijamente a la pareja, pequeñas lágrimas salen desde sus ojos cayendo en sus pies descalzos y de ahí a la tierra del piso. Está vez es por recordar la desdicha que vive, que hasta Cachucha es correspondido y el no. A sus 60 años es penoso no tener una compañera de vida y mucho más la soledad que lo ahoga. De lágrimas en lágrimas, vuelven recuerdos de cuando era joven, cuando conoció a su amada.

Resulta que esa tarde, mientras picaba la leña necesaria para avivar el fuego en las calderas de lavado de ropa, que era propiedad de la familia Vázques y bajo el sol abrasador. Agapito ve acercarse con fina tela blanca, una joven que parecía flotar mientras se acercaba a él.(Parecía más bien una Hada) sosteniendo en sus manos una sombrilla blanca, pero el resplandor del sol es demasiado fuerte para lograr ver el rostro, simplemente se puede observar hasta la altura del pecho, de la cara sobresalen una hermosa sonrisa y el rojo carmesí que recorre sus labios. -¿Deseas un poco de agua?- Le pregunta la joven a Agapito. Con una voz tal que llamó de inmediato la atención de Agapito por su dulzura.

Agapito que está sudado hasta más no poder y sin camisa alguna sobre su cuerpo pregunta, -¿Cómo así mi hada madrina?-. Sacando una gran carcajada a la joven que le contesta - entonces soy tú hada madrina, que bien-. Soltando el hacha Agapito y poniéndose a la sombra.

Cuando logra acercarse a la casa, puede ver bien la persona con quién habla. Su corazón se desborda en latidos descontrolados, frente a él estaba una joven hermosa con un cabello tan rubio como el oro, ojos color miel y la piel tan blanca como la tela que recubre todo su cuerpo. Anonadado por la tremenda belleza que está delante de él, que las palabras se le pierden y no vuelve a articular oración alguna.

La hermosa joven sonríe de nuevo y le pregunta, -¿qué te pasa? Estás pálido- luego de esas palabras hubo un pequeño e incómodo silencio. La joven extendió el brazo y le dijo -por ahora soy tú hada madrina, vine a traer agua fría Agapito-. Entregó la jarra de agua y se marchó rápidamente.

Agapito se espanta al escuchar que alguien toca la puerta, regresando de sus recuerdos. Es el carbonero -Javier-, compadre de Agapito. -Compadre vengo por usted, ¿Está listo?- Dice el compadre.
Pues había escuchado de la situación con Don Mateo y decidió apoyarlo. Agapito sorprendido abre la puerta y se alista para salir.
-Compadre espere que me ponga las botas- dice Agapito.
Corre hasta la cesta de la ropa limpia, se pone la mejor camisa de las tres que posee, está apenas tiene dos agujeros y no son tan fáciles de ver. Una camisa manga larga, blanca, de cuatro bolsillos en la parte delantera.

Agapito pone a Cachucha dentro del sombrero, se mete los 10 pesos en los bolsillos y sale con dirección hacia la gallera. A esa hora ya estaba abarrotado de personas, el entorno se encontraba muy ruidoso y un nombre sobresalía en tal desorden, -Cachucha, Cachucha-.
Antes de entrar a la gallera, Agapito se detiene, toma una bocanada de aire y le comenta a Cachucha. -Hazlo lo mejor que puedas-, el gallo como si entendiera lo que Agapito decía, contesta con un fuerte cantó que alerta al público de su presencia y enciende más el bullicio. -Cachucha, Cachucha- se escucha en toda la gallera.

El compadre se da cuenta que todos los ojos están sobre Agapito y se lo hace saber. Algo que ambos ignoran es que la pelea de Cachucha es la principal, Don Mateo se había adelantado a promover su combate primero. Incluso estableció una ventaja de 200 pesos por 10 pesos a la victoria de su campeón.

A Agapito le habían reservado un asiento cerca de la arena de pelea, se sienta y saca a Cachucha. Se lo pasa al encargado de la pelea, por igual deposita los diez pesos de la apuesta y mira a su compadre que está nervioso. -Confiemos en Cachucha- dice el compadre a Agapito.

Es momento de presentar los gallos que van a luchar, antes de que eso pase Agapito hace una señal en cruz con su mano derecha en el aire y se lo encomienda a Dios, -Que sea lo que Dios quiera-. Don Mateo ansioso por reponer su pisoteado nombre de gallero, lanza al -Matador- que es el nombre de su gallo, a la arena de pelea. El -Matador- el gallo más ganador entre los campeones de Don Mateo, con un total de 20 peleas ganadas, todas terminadas en segundos. El gran bigote de Don Mateo se combina con esa sonrisa a dientes blancos que brilla hasta más no poder y refleja las ganas de destruir a Agapito. Pero la tragedia está al acechó de las intenciones marcadas de Don Mateo, ya que el ruido, las luces y la muchedumbre distraen al experimentado gallo. Cachucha da un salto hacia el Matador, conectando un espuelazo en la cabeza de su contrincante que cae abatido tan rápido entra a la arena de pelea. Bajo la mirada inquietante de Don Mateo, que no se lo puede creer y la algarabía de todos los espectadores. Don Mateo enojado, se dirige hacia el juez de la pelea y le pide revisar con mucho cuidado a Cachucha. Para Don Mateo algo no anda bien en ese gallo, no podía ser que su gallo más experimentado caiga tan fácil frente a ese pichón. Por igual solicita silencio mientras se examina el gallo, el juez de la pelea toma al gallo y llama a Agapito al centro de la arena. Bajo un gran silenció y minuciosamente inicia el escrutinio de Cachucha.

Las patas, espuelas, plumas y demás partes del gallo son revisadas cuidadosamente con mucha cautela. Mientras Agapito y Don Mateo se miran fijamente. Cuando el juez por fin culmina la revisión, determina que no existe nada extraño o dañino en el gallo que de alguna ventaja. La multitud se desborda en alegría y emociones, coreando nueva vez el nombre de -Cachucha-. Cosa está que no le cae bien a Don Mateo, así que con una señal dirigida a sus hombres hace que estos se pongan en lugares estratégicos, luego apuntan a la multitud pidiendo que nadie se mueva. Don Mateo se acerca a sus rejones y saca 3 gallos que lanza a la arena de pelea.

-Nadie se mueva, si no quieren morir- dice Don Mateo. Bajo la mirada de los demás terratenientes y hacendados de la zona. Cómo si programados estuvieran, los gallos rodean a Cachucha y lo ponen contra los muros de la arena. Uno de los gallos con un corte Japonés es el primero en atacar a Cachucha, propinandole un espuelazo en el ala izquierda, el gallo Bolo también se une Pocotenado repetidamente en la cabeza a Cachucha y tirandolo al suelo. Pero esto no detiene a Cachucha que con una explosión de energía salta desde el suelo, dando un espuelazo en la cabeza al gallo Bolo, que cae tirado y muerto inmediatamente. Ensangrentado y con poca visión Cachucha arremete contra el gallo de corte Japónes, picoteandolo y pagando al gallo con varias patadas. Don Mateo no lo puede creer, dos de sus tres gallos han caído y lo peor es que en la condición que Cachucha se encuentra ningún gallo habría podido soportar.

Cachucha exhausto sin fuerzas y abatido, retrocede. El último gallo es más corpulento que los demás, tuerto y se nota que es experimentado. Don Mateo desenfrenado se escucha desde su asiento decir -Matarlo, despedasalo, lo quiero muerto-. Mientras que las demás personas mantienen un silencio total, más ruido provocan una banda de garza que van cruzando sobre la gallera.

Un gran suspenso compromete el evento, mientras que Cachucha apostado contra los pequeños muros, no puede ni caminar, así que se sienta en la arena, mientras el tuerto con pisas sigilosas se va acercando lentamente. El público comienza a sentir que es el fin de Cachucha, algunos vociferan entre ellos. -Lo van a matar-, -pobre Cachucha-, -no va aguantar-, pero en si no se atrevían a levantar la voz por el temor a la rabia de Don Mateo. Cuando el tuerto está lo suficientemente cerca lanza contra Cachucha un espuelazo, que gracias a qué en ese instante Cachucha se cae hacia la izquierda, da sobre el ala derecha. Don Mateo brinca desde su asiento por la emoción de lo inevitable, mientras Cachucha es picoteado repetidamente en sus alas, patas y cola varias veces. En el público se siente la impotencia de ver tal masacre, Agapito ve con sus ojos aguados todo lo que le pasa a Cachucha y sin poder hacer absolutamente nada. El gallo tuerto se detiene, abre sus alas y canta tan fuerte que los corazones de todos los presentes se rompen. Ya que a este canto se le llama el canto de la victoria y se suele escuchar cuando un gallo proclama su victoria al vencer a su oponente. El compadre de Agapito enojado, le vocea a Don Mateo -eres un cobarde Bigote de mierda-, encendiendo a los presentes, que a coro comienzan a cantar -Cachucha campeón, Cachucha campeón aunque no lo quiera el Bigotón-. Cómo cosa de magia, Cachucha brinca desde el suelo y asesta un golpe en el único ojo bueno del gallo tuerto, cegando instantáneamente al antiguo tuerto.

Don Mateo tiene que salir de la gallera lo más rápido posible, porque todas las personas se abalanzaron sobre él y sus peones. Agapito por su lado, se movió rápidamente a recoger a Cachucha en medio del tumulto formado por la algarabía de los presentes, el gallo no daba señales de vida alguna. Pero su compadre que aún estaba enojado por lo sucedido, le pide ir a su casa con el gallo, debido a que allí podría tratar de salvar al ave.

Varias personas se apostaron frente a la policía del pequeño pueblo, para exigir el arresto de Don Mateo, el cuál debía explicar porque mantuvo bajo amenazas a todos los presentes en la gallera y había atrevido apuntar con armas a grandes hacendados de la zona. Esto constituía una asociación de malhechores a los que se prestaron de ayudarlo con dicha osadía.
La policía salió en busca de Don Mateo, pero al encontrarlo en vez de arrestarlo, le explicaron lo que estaba sucediendo y pidieron que se escondiera un tiempo hasta que todo se calmará. Cosa está que enfurece al señor, que sale hacia la choza de Agapito. Al encontrar la choza sola, decidieron incendiarla y así cobrarse parte del daño que entendió Don Mateo se le había hecho.

Agapito que todo el camino a casa de su compadre va orando por Cachucha, tiene un mal presentimiento de que algo está sucediendo.

ya en casa de su compadre, le entrega a Cachucha. Javier el compadre sujeta a Agapito, le pide a Agapito que tenga valor para ver lo que él va hacer, -todo es para salvar a Cachucha-. Cuando el compadre se prepara para intervenir al gallo, aparece un joven en la casa llamando a Agapito.

-Agapito, viejo Agapito- dice el joven, Entrando al lugar donde están con el gallo. -Tú casa Agapito, está prendía en fuego y no la han podio apagar-.
-No me digas eso muchacho, Juana está adentro. Compadre debo irme- responde Agapito. Que no lo piensa dos veces y sale disparado hacia su hogar.
En todo el camino solo piensa en Juana, que se había quedado encerrada en la choza y había posibilidad de que no hubiera podido salir.

Todo lo que Agapito poseía, era su sombrero, su choza, Cachucha y Juana. Las cosas pintaban que solo el sombrero le quedaría, para un hombre que en lo material se podría decir que no posee nada, el sentimiento de perder los dos únicos seres a los que le había compartido su vida, es afrontar una gran pérdida en tan poco tiempo. Así que Agapito acelera lo más que puede su pasó, pero en el camino se encuentra apostado a un lado de la carretera Don Mateo.

Los lacayos de Don Mateo logran ver a Agapito que de lejos se nota su desesperación, Don Mateo que está montado en su caballo le bloquea el camino. -Déjeme pasar Don Mateo, mi casa se quema- dice Agapito. -¿Quién crees que quemó esa basura que llamas casa?- Responde Don Mateo. Llamando la atención de Agapito, que del enojo se muerde la lengua para no responder a tal atrocidad dicha por Don Mateo.
-Me hiciste trampa, me humillaste y eso me lo vas a pagar- dice Don Mateo apuntando con su rifle a Agapito, que de la impotencia responde -espero no seas tan cobarde como para disparar a un hombre desarmado-. Estás palabras enfurecen a Don Mateo, que se baja del caballo, enfunda la escopeta y saca su machete. Por igual le pide a uno de sus peones que le preste el machete que tiene con él, se lo pasa a Agapito y le dice -defiendete a ver quién es el cobarde-.
Cuando Agapito se agacha para tomar el machete, Don Mateo se apresura y le mete el machete por el estómago hasta donde la marca dice Cirillo.

Agapito en el suelo, sangrando. Ve su vida pasar frente a sus ojos, ve el trayecto desde su nacimiento, hasta el momento hasta que Don Mateo le mete el machete. Antes de cerrar sus ojos dice; -si mi pecado fue pedir que cambiarás mi destino, te pido perdón mi Dios-. Cerrando sus ojos para no volver a abrirlos.

Capítulo II

La Infinita Oscuridad de Belfegor

Era verano de 1932, cuándo Agapito tenía diecisiete años y debía trabajar para los patrones de su tía Edita. tenía trabajar ya que el gobierno del generalísimo había aplicado la ley anti vagancia, que obligaba a toda persona mayor de 14 años a dedicarse a alguna una profesión u oficio productivo en la sociedad.

-Tía, ¿quién es esa hermosa muchacha? aquella que me enviaste con el jarrón de agua hace un rato- Dice Agapito.

Edita, tía materna de Agapito que lo había adoptado desde su nacimiento, le contestó: -Muchacho, ten más respeto para con la señorita de la casa, Georgina Vázquez. En realidad no la conocías, porque está en el internado de las hermanas del perpetuo socorro. Allí donde las monjas estudian-.

De todo lo dicho por Edita, queda retumbando en su cabeza el nombre Georgina Vázquez.

Bajo el emotivo furor de conocer el nombre de aquella joven que lo cautiva, toma a Edita de las manos que estaba preparando la ropa de lavar. Le confiesa lo que está sintiendo al escuchar ese nombre, además le transmite a su tía toda la energía que provoca el solo pensar en ella.

-Agapito hijo mío, dirige tu mirada hacia otro lugar. La señorita más que felicidad para ti, puede ser todo lo contrario. Escúchame, aléjate de ella que no conoces al patrón, ni de lo que puede ser capaz,- puntualiza Edita, pero su hijo está muy distraído soñando despierto y no presta mucha atención a la advertencia.

Agapito se despide de Edita y sale hacia el pueblo cercano. Todo el camino va pensando en el bello rostro de Georgina, su sonrisa y sus labios. Va repitiendo su nombre -Georgina, Georgina de mi vida, Georgina de mi amor-. Camina totalmente desconectado de la realidad, se detiene en el camino para tomar una flor amarilla que encontró, pero está tan distraído que al tomar la flor no se da cuenta del panal de avispa que está cerca de la misma. tumbándolo y enojando a los inquilinos de la pequeña casa de guerreros, todas salen buscando al agresor que destruyó su hogar y se abalanzan sobre Agapito. Al notar el enjambre de avispas, vuela la cerca que está junto a él, emprende la huida hacia un lago cercano, pero mientras va corriendo no se percata y altera a un toro que está pastando..
El toro se une al maratón de Agapito y las avispas. Agapito al ver el toro detrás de él, con ojos grandes, esos cuernos puntiagudos y con la boca llena de espuma, que se acercaba cada vez más aceleró la marcha hasta más no poder, saltando para caer en el lago y librándose así de las avispas.

El inconveniente es el toro, se sienta frente al lago a esperar que Agapito salga. Durante dos largas horas el toro permaneció inmóvil, observando fijamente hacia el lago, lo peor de todo es que está llegando la tarde y el tiempo que Agapito está en el lago, comienza a producir frío.

Intenta hacer que el toro se aleje, lanzando agua sobre él, pero el toro continúa inmóvil, así que el intrépido Agapito, se sumerge en el lago para tomar rocas y lanzarlas al toro, pero esto no remedia la situación, el toro se mantiene vigilante del lago.

Los efectos de mantenerse tanto tiempo en el agua, comienzan a notarse. los dedos arrugados, cansancio, frío y hambre hacen presencia. La desesperación es tal, que Agapito pide ayuda a gritos, tan fuerte como sus pulmones le permiten. Cosa en vano, ya que no hay nadie cercano a él.

El lago está en la propiedad del compadre del patrón de Agapito, el cual no suele salir por esos lugares en horas de la tarde y esto... Agapito lo sabe. Observa que un caballo está pasando frente al cerca, toma toda la fuerza que le queda y grita: ¡Ayuda, este toro no me deja salir del lago!. Con todas sus esperanzas en ese grito, ve como la persona a quien le grita continúa su camino.
Esto lo llena de más preocupación y miedo

En realidad esa persona es la única opción de Agapito, porque no sabe si alguien más pasará por ahí. Así que asustado y con todo el aliento que le resta, vuelve y grita: ¡Ayuda!
Esta vez el jinete se detiene, escuchando que alguien repetidamente le grita por ayuda. Cuando por fin logra encontrar la dirección de dónde provienen los gritos, salta junto a su caballo la cerca. Tomando su lazo, comienza a rodear al toro, que se pone en posición de batalla y se prepara para embestir al caballo que corre a su alrededor. Pero antes de que el toro pueda efectuar algún ataque, el jinete lanza la cuerda sobre el toro. Mientras el toro se distrae por culpa del lazo, Agapito tiene tiempo de salir del lago y montarse en el caballo.

Por lo fugaz que fue todo, Agapito no pudo tener la oportunidad de ver el rostro de su salvador pero en lo primero que se fijan sus ojos, es que lleva bota de mujer.
Por igual nota que sus manos les pesan, sintiendo como si muchas hormigas le caminan sobre ella. Intenta sujetarse fuertemente del jinete, pero le es imposible. Así que su salvador detiene el caballo, se voltea y dice: -Esa sensación que tienes es hormigueo, debe ser falta de sensibilidad por el frío. Es posible que te vaya a dar hipotermia-.

Esa voz enciende los sentidos de Agapito, pues esa voz la había escuchado antes. Justamente el mismo tono de -Georgina- piensa él, muchas preguntas quieren salir por la boca de Agapito, pero su lengua no le permite decir nada.

Así que Georgina, dirige el caballo a una pequeña choza cercana. Amarra el caballo fuera y ayuda a bajar del caballo al enfermo. Ya dentro de la choza, le pide que se quite la ropa mojada, mientras ella también se quita la suya. Le explica que debe elevar la temperatura de su cuerpo lo más pronto posible o entrará en hipotermia, que aprendió todo eso en el convento. Se llaman primeros auxilios y se usa para salvar vidas.
Le pide que se recueste boca arriba, mientras ella se acuesta sobre él y espera que la temperatura aumente.

La temperatura corporal de Agapito se disparó en cuestión de segundos, mientras su mirada se mantenía fija a esos ojos color miel que estaban a centímetros de él. Provocando toda esta situación una erección que Georgina pudo notar, sacando una sonrisa tan bella que deslumbró a Agapito.

Georgina le pregunta a Agapito: -tan cerca de mis labios ¿quieres probarlos?-. A lo que tartamudeando intenta besarla. Ambos cierran los ojos y como si fuera en cámara lenta, van acercando los labios.

Todo se detiene en ese preciso instante, los mosquitos detienen sus aleteos, Georgina detiene su aliento, el caballo se mantiene inmóvil, en realidad no hay ruido alguno.

Agapito se percata que algo no anda bien, comienza a ver su cuerpo y el de Georgina como si él no fuera parte de lo que en ese lugar está sucediendo. Más bien parece un espectador que ha puesto en pausa un video o película. -¿Pero qué significa esto?- se pregunta Agapito, que se va alejando del lugar como si algo lo arrastra sacándolo de la choza y elevándose por los cielos.

Las estrellas comienzan a apagarse, las nubes a desaparecer, hasta que todo queda inmerso en una profunda oscuridad.

Comienza a hacer frío, así que Agapito intenta abrazarse, pero no obedecen sus brazos. Trata de mover el cuello para mirar en dirección donde están los brazos pero tampoco puede mover el cuello, trata de gritar pero no posee lengua o boca. La única cosa que puede hacer es escuchar, pensar y ver.

No entiende qué sucede con él, que le pasa a su cuerpo o cómo salir de ese embrollo.

Asustado y cada vez con más frío, trata de pensar qué sucede. No tiene tiempo de analizar, ya que es arrastrado nueva vez. En toda la transición del recorrido, observa varios momentos de su vida.

Uno de los momentos que puede ver Agapito, es el de cuando una señora que está acostada sobre una cama, está pujando y frente a ella una señora con el pelo blanco sosteniendo la cabeza de un bebé. Próximo de a cama está una joven, Edita que grita:. -sal Agapito sal- a lo que la parturienta no resistió, perdiendo sus fuerzas y muriendo al parir.
Se ve a Edita llorando desconsolada, abrazando a la mujer.

En otro de los momentos, ve a un señor blanco y bien vestido. saludar a un niño, se nota que le tiene mucho cariño. Momentos después se va alejando, pero a unos cuántos pasos vuelve la mirada al niño y le sale una lágrima.

Vuelve a ser arrastrado Agapito hasta otro lugar, esta vez observa a Don Mateo, golpear a patadas, al viejo que está tirado en un charco de sangre. Todo se pone turbio cuando Agapito escucha la voz de Don Mateo que decía -quédate muerto, campesino mugriento, tú y tu pichón ya me tienen harto-.
Todo se desvanece, Agapito entra en pánico y vuelve a una oscuridad infinita.

-¿Ese viejo era yo?, ¿dónde estoy?, ¿esas imágenes que eran?-. se pregunta Agapito.
La incertidumbre lo arropa, no encuentra respuesta alguna a sus preguntas.

Entre toda la oscuridad un punto luminoso sobresale, parece una estrella lejana y distante, así que Agapito toma la decisión de investigar. Según se va acercando, nota que no es una estrella es más bien un bombillo flotando, que ilumina el cajón de una letrina que está vacía.

-No entiendo, ¿qué hace una letrina con la única fuente de luz de este lugar?- piensa Agapito.
Revisa en todos los lugares de esa letrina, pero dentro de la letrina, solo hay oscuridad infinita, el bombillo está conectado de la nada.

La letrina tiene unas palabras en su respaldo, (Este es el trono de Belfegor, si no está illámalo! y pide lo que desees) así que Agapito no se detiene mucho a pensar y decide llamar a Belfegor.

-Oh gran Belfegor, apiádate de mí y haz presencia- piensa Agapito.
La tapa de la letrina se abre, dejando salir una especie de líquido negro, que se transforma en un hombre alto, con rostro de anciano, nariz grande, larga barba, cuernos y garras que inmediatamente se sienta en la letrina, con pocos deseos de dirigir la palabra a Agapito.

-Aquí estoy, para qué soy bueno?- dice al llegar.
Pero antes que Agapito haga cientos de preguntas, Belfegor responde.
-Soy Belfegor, el quinto príncipe del infierno, dueño del limbo, padre de la pereza y antes que me aburras con preguntas te informo todo-.

Así que le confirma a Agapito que ha muerto, pero que su alma no puede ir al paraíso, mucho menos al infierno. que en las reglas de entrada a ambos lugares, exige que debe completar en más de un 50% sus buenas o malas acciones, durante la vida, pero a causa, de ciertos factores que Belfegor se rehúsa a detallar, su alma fue destinada al limbo eterno.

Belfegor explica a Agapito que tiene suerte de llegar al limbo, debido a que en el limbo no existe el tiempo o el espacio. solo existe la nada y que puede pensar todo lo que ha sido su vida, repasando todos los momentos que ha vivido una y otra vez como si los viviera otra vez.

-Yo no soy bueno para el cielo y mucho menos para el infierno. ¿Pero... qué tiempo debo quedarme aquí?- pregunta Agapito, a lo que Belfegor responde:

-Aquí no existe ni el tiempo, ni el espacio, esos conceptos humanos no tienen sentido en el limbo. Me explicaré. Para los humanos el tiempo es como una rueda y el espacio la base o el lugar que usa la rueda para rodar. La huella que deja la rueda, sería el pasado, el lugar donde se encuentra la rueda es el presente y la dirección hacia donde va el futuro. Ahora imagínate un globo lleno de aire, que se mueve en cualquier dirección, hacia delante o hacia atrás, colisiona con la rueda, con la base y que no le importa nada a lo que está sujeta la rueda, ese es el limbo. Un lugar donde el inicio y el final da lo mismo. ¿Ahora entiendes?-.

-Sí entiendo, pero entonces ¿qué más me queda hacer? Pensé que en tu trono decía (pide lo que desees)-, señala Agapito.

-Yo no puedo decirte qué hacer, para eso te dieron libre albedrío y tus decisiones son tuyas. tú puedes pedir lo que deseas y yo solo tengo mis condiciones para complacerte.- Responde Belfegor.

-¿Me puedes devolver a la vida?-, pregunta Agapito.

-Sí, puedo. pero no a tu antiguo cuerpo, porque ya no está entre los disponibles, - responde Belfegor.

-Si no me puedes devolver a mi antigua vida, hazme rico y famoso. ¿Crees que puedes?- Preguntar Agapito.

-Ya te dije que sí- responde Belfegor

-Entonces hazlo y dime tus condiciones- dice Agapito

- De mis condiciones no te preocupes, cuando yo requiera que cumplas con una tarea, te buscaré y listo. Por otro lado, ¿solo quieres ser rico y famoso sin ninguna otra cosa que decir?- Señala Belfegor.

-Duré 60 años pasando trabajo, necesidad e infelicidad, así que sí, solo hazme rico y famoso- Responde Agapito.

-Está bien, estampa tu firma en este contrato y listo. Te explico, vas a reencarnar en el cuerpo, de una persona que experimentó un evento cercano a la muerte, eso hace que el alma salga del cuerpo y entonces te introduciré ahí.- Dice Belfegor

-¿y qué pasa con esa alma?- Pregunta Agapito.

-Esas almas se convierten en fantasmas y durante un lapso de lo que ustedes llaman tiempo, se quedan desandando, hasta que lo envían al cielo o infierno. Pero eso que te importa, tú sólo debes preocuparte por ser rico y famoso- contesta Belfegor.

-Pero tienes razón- dice Agapito.

Así que dos brazos le aparecieron para firmar el contrato, Agapito lo firma y sin siquiera leer.

-Para efectos del contrato, debes permanecer con tu memoria intacta, así que no hables demasiado- puntualiza Belfegor, desapareciendo junto con el contrato, el sanitario y la luz.

Agapito se queda a oscuras pensando, esta vez sí podría ir por su amada Georgina, comprarse su hacienda y tener su ganado para vivir su vida feliz.

Por igual piensa en Juana y Cachucha. sobre si se pudieron salvar, que los buscará. y va a hacer un pequeño palacio para ellos dos.

-La venganza sobre Don Mateo, será un gran ejemplo, para los malos hombres.- Piensa Agapito.

Mientras Agapito piensa en todo lo que va a ser, comienza a sentirse pesado, como si algo lo atrae hacia abajo con gran fuerza de repente cae hacia el vacío y de una gran oscuridad pasa a una claridad incandescente, luego a un frío extremo y por último otra vez al calor.

Mientras va cayendo, pasa por nubes, alambres y un techo. hasta aterrizar sobre un cuerpo. Al intentar ponerse de pie se desmaya y cae sobre una cama de agua.

Capítulo III

La Pesadilla de una Pesadilla

Es una mañana hermosa. En la ventana se nota que ha caído agua. Las golondrinas juguetean en el aire; al parecer es época de apareamiento.

Se escuchan pasos acercándose hacia el lugar, se detienen frente a la puerta y un joven pregunta si puede entrar a la habitación. Vuelve una y otra vez a tocar la puerta pero como no obtiene respuesta alguna, procede a abrirla.
Sigilosamente va acercándose a aquella dama que está sobre la cama de agua. Con mucho cuidado le recoge el pelo y le pide despertar.

En el piso un hombre extraño, vestido de mesero y con unos ronquidos que se escuchan en toda la habitación.

-Buenos días señor, ¡Despierte!. Es hora que se vaya- dice el joven, al hombre que está tirado en el piso. Reaccionando de inmediato, preguntando -¿Dónde estoy? Y ¿Qué hora es?-.

-Waoo, ¿Qué fumaron anoche?. Que borra la memoria y te lanzó en este piso- ante la duda del hombre responde el joven.

-No recuerdo nada de ayer, ni siquiera como llegué a este lugar o quién es ella- responde el hombre, que levantándose del suelo titubea casi cayendo de sus propios pies.

-Son casi las doce del mediodía, estás en el Hotel Hilton en las costas de Miami Beach y esa mujer que está sobre la cama es Dedé caderas divinas. Si estás aquí déjame decirte, que te eligió para pasar la noche entre sexo, alcohol y cocaína. Así que es hora de irte, ya no eres útil- responde el joven, que sosteniendo al hombre por las manos lo ayuda a salir de la habitación.

Carente de toda idea de lo sucedido en la noche anterior, el joven cierra la puerta y se dirige hasta Dedé que aún está dormida. Cuando observa bien el rostro de la dama, nota que está sudando aunque el clima en la habitación está frío. Por igual tiene sangre seca entre boca y nariz, de inmediato el joven la recoge entre brazos y acerca su oído al pecho para escuchar, encontrando latidos débiles..
La pone en el piso, se pone al lado de su brazo derecho, pone sus manos una sobre la otra en la región donde se encuentra el corazón y con los brazos rectos comienza a ejercer presión sobre ella. Cada cierto tiempo deposita bocanadas de aire a la boca, también llamándola por su nombre cada vez que puede en el proceso.

El joven desesperado por no recibir respuesta alguna, se pone de pie para ir hasta donde está el teléfono. Cuando marca los números de emergencia, nota que ella abre los ojos así que suelta el teléfono y vuelve hacia su posición.

-Me asusté mucho, pensé que ibas a morir- le dice el joven aterrado.

Poniéndose la mano en la cabeza por el tremendo dolor que está experimentando y la deshidratación que es notoria por sus labios agrietados le pide a los jóvenes agua para saciar su sed a lo que este sale disparado en busca de la misma fuera de la habitación mientras la dama con La poca fuerza que tiene logra incorporarse y ponerse de pie.

Al acercarse al espejo, un grito estremece todo el hotel. alertando al joven que regresa tan pronto puede con las botellas de agua en la mano.

-Dama, ¿qué sucede?. ya estoy aquí con el agua- dice el joven

Con el maquillaje corrido por toda su cara vuelve y grita. ¿por qué demonios Belfegor?, dime ¿por qué? Acusa mirando a los cielos.

El joven que escucha y observa a la dama, se encuentra confuso con sus palabras. pregunta:
-¿Dama a quién le habla?-.

-No soy ninguna dama, es más no sé quién es este cuerpo y mucho menos quién eres- enojada hasta perder los estribos grita al espejo.

-Dios mío, mi nombre es Emir, soy tu asistente y tú eres la fabulosa Dedé caderas divinas, la mejor bailarina del mundo. Así que tranquila que ya hemos superado esto antes-. Dice Emir el asistente.

-Emir, no entiendes. Es que no soy mujer, no puedo ser mujer. ¿Puedes decirme dónde y cuándo estamos?- Pregunta Dedé.

-Pero, tienes el dinero para ser lo que quieras ser, si ya no quieres ser mujer. Estamos en Estados Unidos, Miami específicamente y es el año 2006- responde Emir.

Cuando escucha el año se sienta sobre la cama, tapando su cara con ambas manos y repitiendo -no puede ser- varias veces y cada vez con más fuerzas. Emir que no comprende qué sucede, le pide que se beba el agua, que luego van a ir al médico para que la revisen.

Dedé se toma dos botellas de agua, mientras la consume se lamenta, se queja diciendo -mujer, inaudito, mujer no-, palabras que confunden más a Emir.

La dama se extraña de ver a Emir pinchar una caja rosa, con números y un largo cordón. -¿Qué haces con esa cosa pegada al oído?- Pregunta la asombrada Dedé a Emir.

-Esta cosa dama, se llama teléfono y estoy cancelando todos sus asuntos. Ni loca puedo dejar que usted se presente así en ningún escenario-. Responde Emir con cierta preocupación por el estado de salud que presenta su patrona.

-¿Por qué te llamas a tí mismo (loca)?, Ven siéntate en la cama, quiero que me expliques todo este mundo tan distinto para mí-. Muy confundida, Dedé señala a Emir la posición donde lo quiere sentar.

Ambos sentados, comienzan a hablar de algunas cosas que la dama ignora y que Emir da por entendido por la dama. Ella se queda fijamente mirando a Emir; -quiero pedirte que hagas algo por mí, si es posible- dice Dedé que sosteniendo las manos de Emir, le pide por juramento no contar nada de lo que escuche o vea mientras esté con ella.

-Dama cuente, sabe que soy una tumba de sus secretos y escondite de sus tesoros-. Responde Emir

-Necesito ir a República Dominicana hoy, si es posible- señala Dedé con pausado hablar.

-Déjeme llamar a su agente de viaje, sus deseos son órdenes para mí- responde Emir, así que toma el teléfono para hacer los arreglos.

Mientras tanto la dama entra al baño, al desnudarse y poder observar bien su cuerpo comienza a llorar. Ansiedad, rabia y malestar emanan al instante. -¿Por qué mujer?, Qué rabia me da ser engañado por Belfegor. Pero fijándome bien, esta mujer era hermosa y sexi-. Se queda observándose frente al espejo, de perfil y de espalda. Toca sus pechos, sus nalgas y sus labios.

-No puedo presentarme así frente a Georgina, con este cuerpo no me reconocerá. ¿Qué puedo hacer?- Pensando en cada inquietud que llega a su mente.

Al salir del baño, Emir se mueve rápido en búsqueda de la ropa para la dama y lo primero que le muestra es una tanga. Dedé le pregunta que si ella está acostumbrada a usar ese tipo de prenda debido a que muestra demasiada carne y para ella es muy grotesca.

Así que Emir rebusca entre la ropa para conseguir prendas más sencillas y delicadas, que reúnan las condiciones impuestas por la dama.
Unos pantalones vaqueros, suéter holgado, zapatillas y diadema.

-Dama vamos rápido, el taxi está esperando y debemos llegar al aeropuerto-. Dice Emir recogiendo todas las cosas lo más rápido posible.

-Quiero que tengas pendiente que no entiendo nada de lo que está pasando, así que explícame con detalle cada cosa en el trayecto. Empezando con esa caja que le llama teléfono- carcajadas producen en Emir estás palabras.

-Claro Dama, le voy a explicar todo como a mí sobrina. Si eso prefiere Lol-. Responde Emir con una gran sonrisa.

En todo el camino hacia República Dominicana, las conversaciones entre ambos se tornaban jocosas y repetitivas. Emir se encargó de explicarle a Dedé cada pregunta que se le ocurría.
Al llegar a la República Dominicana, toman un taxi con dirección a la frontera con el vecino Haití, que es el lugar donde Dedé desea llegar.

-Dama puede decirme ¿Por qué vamos a ese lugar?- Pregunta Emir.

-Prométeme que no le dirás a nadie y te contesto. Ya que me haz ayudado en todo lo que te he pedido, es lo mínimo que puedo hacer por tí- responde Dedé.

-Pero todo lo que hago es porque es mí trabajo, además es muy buena conmigo y yo nunca traicionaría su confianza. Así que le pido me responda ¿por que hemos venido?- Dice Emir.

-Bueno aquí voy, me llamo Agapito y reencarné en este cuerpo. Donde vamos es el lugar de mi muerte, aproximadamente hace treinta y un años.- Responde Dedé.

Emir pensando que esto era broma de Dedé, ríe desenfrenadamente tanto así que el conductor del taxi pide que le compartan el chiste. Pero no faltó que le contará nada porque al escuchar esa risa contagiosa de Emir, también ríe hasta más no poder.

-Dama ese chiste fue bueno, soy de la India y tenemos muchas tradiciones que hablan de la reencarnación, pero creo que el reencarnado nace en cuerpo de bebé.- Responde Emir totalmente sonriente y alegre.

El conductor que está escuchando toda la conversación pregunta de qué pueblo hablan, ya que uno de los pueblos cercanos es Juana Méndez.

-No es muy lejos de ese lugar, pero es de este lado de la frontera. El lugar se llamaba Palenque Adentro, el río Tayí pasa por ahí.- Responde Dedé.

El taxista saca unos mapas y folletos de los pueblos fronterizos, para que ubiquen hacia donde van específicamente.

Mientras observan los folletos encuentran algo curioso, el pequeño pueblo al que se dirigían no estaba en el grupo. Pero tampoco se encuentra información en los mapas, aunque en el lugar geográfico que se supone debería encontrarse Palenque Adentro. Está ubicada (Villa Mateo).

Uno de los folletos tiene la historia de Villa Mateo, Dedé la toma y procede a leer.

Resa en el argot popular, que en 1975 luego de salir victorioso de una pelea de gallos Don Mateo dirigiéndose hacia su casa, se encuentra en el camino con Agapito el fullero, tratando de asaltar a la señorita Martina.
Don Mateo se opuso fervientemente al agresor pidiendo en primera instancia que no continuara con la actitud delictiva y que dejara ir a la dama, pero el malhechor continuó agrediendo a la señorita y le gritaba a Don Mateo que era su culpa porque había ganado la pelea de gallos y lo había dejado sin opción.

Nuestro intrépido héroe sacó su machete, advirtiendo al villano que si no soltaba a la dama se enfrentaría con él. Pero esto no intimidó al villano quien intentó herir a Don Mateo el cuál se defendió dando muerte al malhechor, de tal importancia es esta historia que el mismo presidente de la época Dr. Joaquín Balaguer condecoró a Don Mateo con la medalla al valor. El gobernador solicitó al senado cambiar el nombre de dicho pueblo a villa Don Mateo y se instauró por decreto presidencial, el día primero de mayo como día de los héroes anónimos en honor a Don Mateo.

Todo el suceso fue relatado en persona por la Señorita Martina ante la policía, las actas aún se mantienen como testimonio del gran enfrentamiento de Don Mateo y por eso también fue adherido a la Historia Nacional Dominicana.

Al terminar de leer el folleto, Dedé le pide al conductor se detenga y que le permita bajar unos segundos del taxi.

Emir preocupado por ver la cara pálida de la Dama, intenta salir tras ella pero señalando con las manos y sin hablar le pide quedarse en el taxi.

-Te maldigo Don Mateo. Tú eres el culpable de todas mis desgracias, resulta que ahora soy un malhechor. Mi historia llena de infortunios termina en tus manos y cuentas un relato tan falso como tu sonrisa. Dios, te pedí que cambiaras mi destino y aún así sigo padeciendo de desdicha- Gritando de impotencia y dolor con su mirada fija hacia el cielo dice Dedé, a lo que Emir sale en su ayuda.

-Dama cálmese, está muy pálida y eso me da mala espina- señala Emir.

-No, no es posible Emir, no soy un malhechor- repite varias veces Dedé con el corazón destrozado.

El conductor del taxi sale y le comenta a ambos:.

-Disculpe que me entrometa pero no crean todo lo que leen, recuerden que la historia es escrita por los poderosos y si mal no recuerdo creo que hubo mucho revuelo con el cambio de nombre de ese pueblo. Existen muchos comentarios en contra de la versión oficial de los hechos., Se dice que el gobernador de la época era hermano de Don Mateo o que Agapito era un hombre decente. Es parte de toda la mítica de esta historia, recuerden no todo lo que brilla es oro. Señorita si usted es familia de Agapito no se aflija eso sucedió hace mucho tiempo y no creo se acuerden de eso,- señala el conductor un poco preocupado.

Emir abraza a Dedé comentando que el taxista tiene razón y le pidió ir al pueblo para investigar la verdadera historia de lo ocurrido. A lo que ella se negó, pidiendo al taxista llevarlos al hotel más cercano, ya que el deseo de ir hacia el lugar se había ido y por lo menos en el hotel podría relajarse, pero antes de montarse en el vehículo Dedé vomita, preocupando aún más a Emir que pide al conductor llevarlos al hotel más cercano.

Al dirigirse al hotel la tristeza inunda el rostro de la dama, tal es la palidez en su semblante que Emir se atreve a dudar por primera vez sobre quién está en el cuerpo de la mujer llamada Dedé.

-Dama, ¿Usted recuerda el nombre de mí novio?- Pregunta Emir, a lo que desconcertado por una pregunta que en vez de traer respuesta trae más dudas.

-¿Cómo así? Sería novia más bien- contesta Dedé, asombrado con el rostro que ve en Emir.

-Pero dama me ofende tu pregunta y más tu respuesta, se te olvida Michael mi novio. Tenemos tres años de relación y contigo trabajando tengo dos. Me estás asustando mujer, empiezo a creer que en realidad eres otra persona ahí adentro-. Fuera de toda confianza señala Emir.

Llegando al hotel, le dan las gracias al conductor por todo lo que hicieron por ellos. Se registran ambos en la misma habitación por insistencia de Emir, ya que ve en el rostro de ella mucha tristeza y dolor. Dedé cuando entra a la habitación se detiene delante de un espejo, su piel se eriza y sus ojos no contienen las lágrimas.

Mientras se mira al espejo toca sus senos, se baja el pantalón, se quita la blusa y admira su cuerpo completo.

Reconoce que la mujer que está enfrente es hermosa, aunque no desea estar más en ese cuerpo, así que comienza a llamar a Belfegor, solicita su presencia, pero Belfegor no aparece; -al parecer desde la tierra no puede escucharme, pero cuando lo llamé en el limbo acudió de inmediato. Entonces debo regresar al limbo, así podré pedirle otro cuerpo y que esta vez sea masculino-. Muy decidida la dama llama a Emir y le pide que vaya por su cena que han pasado del horario de cenar. A lo que Emir accede sin preguntar.

Están hospedados en el quinto piso, en un hotel cerca del malecón de Santo Domingo y con una vista hacia la playa. Así que la dama abre la puerta hacia el balcón y mirando hacia abajo, calcula la altura que hay desde el balcón hasta el suelo. -La única forma de volver al limbo es esta. Debo hacerlo antes de que vuelva Emir e intente detenerme- dice Dedé, pero la altura le provoca un pánico intenso y mucho miedo. Las piernas le tiemblan tumbándolo en el suelo, su mente divaga en recuerdos de su vida como Dedé y el cuerpo se rehúsa a morir.

Ordena al cuerpo que se ponga de pié pero sus piernas no obedecen, así que se agarra de las barandas y logra ponerse sobre una silla. Vuelve y le pide a su cuerpo que lo ayude a lanzarse por las barandas.
-Estúpido cuerpo, obedece déjame escapar de esta tortura- luchando logra ponerse de pie, aunque el cuerpo sudando y temblando se rehúsa a lanzarse. En el momento que escucha abrir la puerta por parte de Emir, los reflejos regresan a la dama y entonces aprovecha lanzándose hacia el vacío. Mientras va cayendo grita el nombre -Belfegor-, hasta llegar al pavimento que destruye su cráneo, desparramando sangre por todas partes y mostrando su cuerpo semi-desnudo a toda persona que pudo ver el incidente.

El alma de Agapito sale del cuerpo de Dedé, esta vez tiene conciencia de todo lo que pasa luego de su caída del balcón y es tan liviano que comienza a elevarse rápidamente hacia el cielo.
Más y más se eleva saliendo del planeta tierra, con dirección hacia la luna, específicamente al lado oscuro de la misma

Al entrar en el lado oscuro de la luna, es atraído hasta un edificio que posee una puerta gigante con luces fluorescente que dice; -Bienvenido al décimo Infierno, por favor esperar su turno-, Afuera de la puerta una gran fila con ciento de Miles de orbes luminosos formados para entrar.

En la puerta dos demonios vestidos de trajes blanco, van poniendo unas etiquetas a los orbes antes de pasar por las puertas. Agapito se forma involuntariamente en la fila y al mismo tiempo le aparece un número pegado alrededor (11,786,665). Este número se ilumina intensamente, tanto es su luminosidad que los dos demonios detienen la fila y piden a Agapito pase delante.

-Y usted ¿Con cuál príncipe hizo contrato?- Dice el demonio de la izquierda, a lo que Agapito contesta inmediatamente; -¡Príncipe!, Pues Belfegor me dió a firmar un contrato-. El demonio de la derecha se acerca y le pide esperar a Belfegor, ya que el tiene que decidir a cuál infierno debe enviar a Agapito de castigo eterno, por error el alma se dirigió al infierno de los suicidas y que este no era el que correspondía a los pecados de Agapito.

Una burbuja negra desciende en la luna con el número (11,786,665) y absorbe a Agapito. Atrapado en su interior se desespera e inicia el llamado a Belfegor. -Belfegor sácame de aquí por favor-.

Dentro de la burbuja todo es oscuridad infinita, frío y silencio. De la nada un rectángulo con imágenes y sonido se eleva a la altura de Agapito, presentando imágenes del cuerpo de Dedé tirado en el pavimento y Emir llorando cerca de ella.

Un punto luminoso se va acercando, cuando está lo suficientemente cerca, se ilumina el trono de Belfegor, en el cuál aparece el cuerpo de una mujer pero con el rostro del demonio.

-¿Para qué soy bueno, humano?- Responde Belfegor.

-Estoy aquí porque la última vez me enviaste al cuerpo de una mujer y yo soy hombre. Así que entiendo debes enmendar tu error- señala Agapito, con una voz alterada. Olvidando que está frente a uno de los príncipes del infierno, a lo que Belfegor se ríe a carcajadas.

-Tú mortal me exiges a mí, aquel que se enfrentó al mismo ejército del Divino codo a codo con lucy por el trono del cielo, ese número que tienes contigo indica que a quien se le debe exigir es a tí porque yo soy tu dueño y por lo tanto el contrato se ha cumplido- Responde Belfegor con risas hasta más no poder, pero Agapito no está de acuerdo.

-El contrato era reencarnar rico y famoso, no cumpliste me diste el cuerpo de una mujer, así que me debes volver a la vida- muy seguro contesta Agapito a lo que Belfegor vuelve a reír.

-No sé qué tienes en contra de ser mujer pero para todos aquí da lo mismo, lo único es que las mujeres orinan sentadas y los hombres parados, por lo que de rico y famoso ella lo fue hasta que te suicidaste. Ojo, eso es un pecado, la única razón por la que no estás en el infierno de los suicidas es que tu alma me pertenece y yo decido qué hacer contigo, así que vuelvo a mis deberes antes de que Lucy me requiera- señala Belfegor a lo que Agapito le grita; -Te daré lo que desees-

Belfegor vuelve y se ríe; -y qué puedes ofrecerme, ya que lo único valioso que tienes es tu alma y ya me pertenece- pero Agapito no se rinde, sigue insistiendo y ofreciendo cualquier cosa que Belfegor considere o desee se lo entregará siempre y cuando le dé otra oportunidad.

Belfegor dice -Pensaré sobre esa propuesta, mientras tanto manténte aquí hasta que pueda buscarte una tarea. continua repasando los recuerdos de tus vidas pasadas- a lo que agapito sin otra opción acepta.

El demonio desaparece y el rectángulo con imágenes se presenta de nuevo, esta vez enfocando un niño pequeño de algunos ocho años de vida, lleva una pala consigo. trabajando bajo el sol, haciendo hoyos con un señor desconocido y así va recordando viejos momentos Agapito.

Capítulo IV

En Medio de Escombros

Agapito se encuentra en una monotonía perpetua reflexionando sobre lo sucedido en la vida pasada, cada momento y cada proceso, sin poder cambiar un solo paso o decisión. Es un tormento eterno al cual se ha atado.
Como un virus el limbo va drenando la poca luz que queda en cada espíritu humano mientras se mantiene en este lugar.

El rectángulo está proyectando el momento en que Don Aurelio bajo armas le ordena a Agapito salir de sus tierras; por culpa de la lluvia no se pueden ver las lágrimas de una Edita que gritando ruega por la vida de su hijo, postrada en frente del caballo de su amo embarrada de lodo y por la sangre de un joven. Agapito que está golpeado en brazos de su protectora. ensangrentado clama por el amor de Georgina a lo que sin intención de escuchar, Don Aurelio le pide no volver a mencionar ese nombre.

-¡Detente!, No quiero continuar viendo algo que me tortura y no puedo cambiar. Preséntame como terminaron Cachucha y Juana- Le indica Agapito al rectángulo.

De inmediato son proyectadas llamas, huevos explotando y voces de hombres gritando -Agapito-. Juana la pareja de Cachucha cae al suelo, abre el pico intentando respirar pero el humo la arropa asfixiándola y finalmente muriendo.

El rectángulo se mantiene proyectando el cuerpo sin vida de Juana, hasta que Agapito le pide proyectar a Cachucha. Se proyecta un triste Javier sosteniendo un cuchillo y llorando corta de un tajo la cabeza de Cachucha; Detrás de Javier se ve el distintivo bigote de Don Mateo.

-Pausar, no continues mostrando más, no puedo seguir viendo tanta maldad.- Enfurecido dice Agapito, al apagarse el rectángulo la oscuridad es absoluta aunque el espíritu de Agapito ilumina su ser.

Intenta llorar pero es imposible para él, no posee lágrimas que derramar. Trata con todas sus fuerzas de sacar ese dolor, pero no existe forma de cómo su alma exprese lo que siente, es algo nuevo e inexplicable para un Agapito que sufre por lo ocurrido a sus amigos.

Debido a que no encuentra solución a su padecer, grita maldiciendo a Don Mateo y por igual a Belfegor.
Mientras va de aquí para allá maldiciendo se da cuenta que la intensidad de su brillo ha disminuido, también se pregunta ¿Por qué se encuentra solo en esa infinidad de tinieblas?. La oscuridad intensifica la agonía de la soledad, que ligado a los recuerdos proyectados por el rectángulo incrementan el dolor al infinito.

-Es imposible que un hombre deba sufrir tanto, para ver morir a mis dos amigos Juana y Cachucha. Además estar condenado a la soledad infinita del limbo es demasiado para un solo hombre. Dios ayúdame, esto no puede ser así, no puedo pasar la eternidad con este dolor.- Clama Agapito bajo desesperación.

El triste hombre desconsolado, empieza a notar que el lugar donde está se ilumina y de la nada todo se torna de blanco. Nubes por todo el rededor además de un montón de orugas que se deslizan, juguetean y hablan entre ellas.

A simple vista se puede observar que las orugas están divididas en tres colores diferentes; Las verdes son de menor tamaño, lentas en su desplazamiento y se mueven en una dirección en especial. Las amarillas que son de un tamaño mediano, son torpes en su desplazamiento como si les costara mantener el paso y no se mantienen mucho tiempo en el mismo lugar. Las negras que son de mayor tamaño, erráticas al desplazarse, se mueven sin rumbo determinado, chocan con las demás orugas, nunca se detienen y como siempre están en movimiento se cansan mucho.

Por curiosidad Agapito trata de acercarse a una oruga amarilla, pero tan pronto la oruga lo nota se aleja de él, entonces va hacia donde está una verde y cuando la va a tocar otra oruga de color negro lo empuja haciéndolo rodar. Rodando llega hasta un gigantesco árbol que está en el centro del lugar y dónde las orugas verdes suben en una interminable fila.

Cientos de Miles capullos se encuentran sobre Agapito, mientras otros cientos de orugas se desplazan hacia la copa del gigantesco árbol pero las orugas amarillas y negras no logran acercarse.

-¿Ahora en qué lugar estoy? y ¿estás orugas? ¿Acaso se convertirán en mariposas?- Se pregunta Agapito, a lo que una voz muy grave responde -no necesariamente Agapito, Bienvenido al purgatorio-.

Desde atrás del gigantesco árbol hace presencia un hombre corpulento, alto, moreno, con aretes color rosa, vestido con un traje rosa, medias rosa y zapatos rosa; además posee una sonrisa blanca y muy brillante. Todo muy reluciente sostiene un rastrillo que deja descansar sobre sus enormes hombros, mientras saluda y sonríe.

-Hola Agapito soy Jofiel, el humilde encargado de mantener este lugar limpio y reluciente- Señala el hombre. -Hola señor, antes de cualquier cosa, ¿cómo llegué aquí? - Pregunta rápidamente Agapito.

-Pediste ayuda a Dios, Dios ha escuchado y te ha enviado ante mí para que te guíe- contesta Jofiel.

Jofiel le pide a Agapito que lo acompañe a ver algunas imágenes en el rectángulo de proyección, al encenderlo se observa a Agapito en su pequeña choza llorando, pidiendo sea cambiado su destino.
En ese instante es detenida la proyección y Jofiel mira a Agapito.

-Quiero que te imagines a cada habitante de la tierra que esté inconforme con su destino, pedir el mismo deseo que pediste y además que se cumpla ese deseo. ¿Cuál sería el resultado?- Pregunta el simpático Jofiel, con una enorme sonrisa al final.
-Todos seríamos felices- contesta Agapito, a lo que de inmediato Jofiel responde. -Entonces al parecer fuiste feliz, ¿Cierto?-. Estás palabras crearon un vacío en Agapito, el silencio reinó en el lugar mientras las pausadas lágrimas en el rectángulo recordaron a Agapito su dolor. -Es que nunca me cumplieron el deseo- replicó Agapito.

Entonces Jofiel le pide al rectángulo continuar en su proyección, esta vez enfocado en el sueño de Don Andrés, diez mujeres aparecen vestidas de blanco, con cola y con antifaz. indicando una de ellas que entregará el gallo con mejor futuro y mayor capacidad de ganar peleas a Agapito, que dicho animal está protegido por el príncipe de todas las ánimas, además quieren que obsequie a Agapito una gallina ponedora. Así podrían procrear una descendencia de buenos gallos de pelea. Don Andrés despierta de su sueño y de inmediato se dirige a preparar un café.

-Qué tan especial debe ser un hombre para que un príncipe se enfoque únicamente en él y sus problemas. Acaso ¿No somos todos semejantes ante los ojos de Dios?, ¿Te crees diferente o superior a los demás? O ¿Tal vez eres el único en la historia humana que ha tenido problemas, algún sufrimiento o pérdida?- Pregunta Jofiel. Agapito se altera y trata de defenderse. -No, no soy especial, pero creo que sí he sufrido y padecido más que los demás. Por eso acepté las palabras de Don Andrés, me dieron esperanzas y Cachucha me dió valor-.

-¿Te detuviste a pensar en algún momento de que todo parecía muy fácil?, Espero aprendieras que las cosas fáciles siempre tienen un truco o engaño. Todo eso son artimañas de Belfegor de David príncipe de los infiernos, para quedarse con tu alma y convertirte en su esclavo eterno. Por otro lado quiero mostrarte algo más- señala Jofiel mientras pronuncia el nombre de Mateo.

En la pantalla se proyecta un gran edificio, en la puerta se lee: Bienvenido al séptimo infierno, el tormento de los iracundos, mentirosos y traidores.. Se proyectan las imágenes de un árbol de cerezos exactamente donde está atado Don Mateo, en la mano izquierda posee una espada que utiliza para espantar a millones de lobos que están atentos tanto a Don Mateo como a otros muchos hombres que se encuentran en las mismas condiciones. Atada a su brazo, la espada es un peso inaguantable por mucho tiempo y así cuando están cansados los lobos aprovechan para arrancar trozos de carne de las piernas de los condenados. Aunque la carne vuelve a crecer en un ciclo infinito de mordidas y sufrimiento.

¡Don Mateo, por Dios! ¿Qué hace allí?- Pregunta Agapito, intentando cerrar los ojos pero no posee párpados para hacerlo. Así que le pide al rectángulo que detenga la proyección.

¿Te parece que Don Mateo no debería estar en ese lugar?. Todo aquel que elige vivir una vida como la de él termina en ese lugar, te exhorto que en tu próxima vida seas cauteloso, aquel que te mantiene en tinieblas y al cual entregaste tu alma te dará otra oportunidad, es la última oportunidad para recuperar tu alma y ganar tú vida después de la muerte. Recuerda que eres muy afortunado, a nadie en la historia humana se le ha otorgado otra oportunidad para corregir sus errores.- Señala Jofiel, mientras todo se oscurece, desapareciendo las nubes, las orugas y todo lo demás. Al final queda Agapito otra vez solo, inmerso en la infinita y absoluta oscuridad.

-Don Mateo recibió su merecido aunque no me alegro de eso- dice Agapito, mientras trata de retener todo lo dicho por el señor Jofiel, sobre las oportunidades recibidas y de que intente recuperar su alma. Al mismo tiempo se pregunta si alguna de esas oportunidades la tendría con Georgina.

Le pide al rectángulo proyectar la vida de su amada, de inmediato proyecta las imágenes de una gran Boda, entregando la novia se encuentra el feliz y sonriente Don Aurelio Vázquez, quien lleva de brazos una feliz mujer. Esperando más adelante en el altar un elegante joven muy emocionado, cada pasó que la novia da hacia en el lugar es un momento colorido y hermoso. Agapito se siente extasiado, motivado e ilusionado con tal evento, Incluso llega a imaginarse llevando al altar a su amada Georgina.

Cuando la mujer es entregada en manos de su futuro esposo, se quita el velo y sorpresivamente muestra su rostro. Al reconocerla Agapito estalla en cólera, impotencia y dolor. -Georgina mi amor- a todo pulmón dice, mientras ve a su amada besar otros labios.

Es tanta la tristeza de Agapito mientras continúa viendo las imágenes, que el brillo que lo recubre disminuye su intensidad, oscureciendo su interior.
En la pantalla se continúa reproduciendo la vida de Georgina, está vez proyecta el nacimiento de la primera hija, una niña hermosa, tan blanca como la leche y unos ojos como la esmeralda.

-Esa pudo ser nuestra hija Georgina. Hiciste tu vida mientras yo me aferraba a recuerdos de nuestra juventud, ahora entiendo que estuve equivocado y tal vez esa fue mi verdadera desdicha. Fui un perdedor toda mi vida, porque nunca hice nada por ser felíz, siempre pensé que tú eras mi felicidad y al final otro disfrutó eso que desee para mí. ¿Dónde está quien me ame?- Muy triste dice Agapito mientras ve el pasar en la vida de Georgina, la cual siempre estaba sonriendo y amada por su pareja, hasta la muerte.

Estas imágenes transforman el alma de un desconsolable Agapito, todo su mundo ha caído frente a sus ojos cada sonrisa, caricia y afecto que observa entorno a Georgina apaga más y más el amor que aún queda en su interior sintiendo un hueco en el interior de su alma.

Todo aquello que fue una razón para vivir, continuar luchando y arriesgar hasta el alma perdió sentido. Agapito se enfrenta con la horrible realidad de no poseer un gramo de felicidad, amor y además estar atado por la infinidad de los tiempos a un demonio.

-¿Por qué no me pregunté sobre Georgina, antes de tomar y firmar el contrato?. Tenía que investigar què tanto me quería o me esperaría y así no caía como todo un tonto en las manos de Belfegor. Nunca tomé la precaución de desconfiar de aquellos momentos que vivimos y asumí que eran tan importantes para ella como lo son para mí. Ese maldito demonio siempre tuvo la de ganar y yo todas la de perder. Pensando todo bien, no tengo nada que ofrecer para recuperar mi alma, estoy perdido.i Dios ayúdame a pensar cómo salir de este embrollo, por favor!- El arrepentimiento de Agapito hace que su ser vuelva a iluminarse más que antes.

El trono de Belfegor aparece iluminado frente a Agapito, pero sentado en él está una hermosa joven, con el cabello rojo, aretes rojos, pintalabios rojo y vestida de blanco. Al mirar sus ojos observa fuego, llamas y muerte en su interior.

-¿Quien eres?- Pregunta Agapito, a lo que con una voz grave ella contesta:. -Soy el dueño de este lugar, que no te confunda mi forma en realidad es mi vestimenta para negociar-.

-Belfegor, retoma tu verdadera forma. A mí me aterra esta nueva forma que posees, así que hazme el favor y preséntate tal como eres- responde Agapito, viendo transformar a Belfegor en el demonio que es..

-¿Ya te sientes cómodo?- Pregunta Belfegor. -Si, así estás mejor- contesta Agapito.

-Muy bien, vamos directo a los negocios. Como entenderás no posees nada que me interese y por lo tanto tu propuesta de hacer lo que yo te pida no tiene sentido para mí, ya que eres mío legalmente- señala Belfegor muy puntual. De inmediato Agapito se esfuerza en pensar una propuesta, pero no consigue nada y como dijo el demonio de por sí Agapito sabe que está atado a él.

-Si no tengo nada que ofrecer, ¿Qué es lo que deseas negociar con tu esclavo?- Pregunta Agapito.

Con una sonrisa pintada en el rostro del demonio, precedida de carcajadas que hacen retumbar todo el limbo, hace detonar su superioridad sobre el desconsolado hombre.
-Armar un debate sobre esto sería muy cansón para mí, así que te haré una sola propuesta, la tomas o la dejas- réplica Belfegor.

Agapito piensa rápido y antes que continúe le pide al Demonio le devuelva su alma. Es la única propuesta que puede aceptar. Belfegor cambia su sonriente aspecto, al parecer no veía venir tal valentía.

-Puedo perder un alma, total eres propenso a venir a nuestro lugar de descanso eterno tarde o temprano. ¡Hecho! Te devuelvo tu alma. El nuevo contrato lo firmas y te lo entrego. Aquí solo tienes una pequeña cláusula, pues si no cumples con lo que yo deseo, morirás en el mismo instante.- Señala un confiado Belfegor.

Agapito acepta las condiciones de Belfegor, de inmediato desaparece el número que lo identifica como esclavo del demonio. -Haz aprendido mucho en el poco tiempo que tienes en la oscuridad, estás madurando y cultivando la sabiduría. Es la primera vez que esto sucede. Todas las almas que vienen aquí sucumben al terror de la soledad y los recuerdos lo condenan a las tinieblas eternas. Toda esta oscuridad infinita que ves, son almas que perdieron su brillo y ahora no pueden salir del limbo. Tienes mucha suerte humano. Por otro lado puedes hacer posible un anhelo; que ángeles y demonios hemos poseído desde que el tirano creó los humanos, así que cuando te pida me ayudes a conseguir eso que me tiene inquieto por experimentar, ayúdame o perecerás. Recuerda es tu obligación bajo contrato darme lo que te pida- señala Belfegor, desapareciendo junto con su trono y la bombilla. Desde la oscuridad se escucha: -No pierdas está oportunidad y sé feliz-.

La felicidad de Agapito es evidente, ha logrado lo que ninguna persona en la historia de la humanidad ha logrado, pues no dos, sino tres veces ha podido ser parte de la vida.

El alma recién liberada inicia su descenso desde el limbo, cayendo directo en un barco pesquero. Al abrir los ojos irritados, observa varias personas a su alrededor.Una alegría inmediata se nota en sus rostros.

Un hombre con gorra blanca que posee un ancla en el frente de la misma, se presenta. -Buenos días señor, mi nombre es Luis Manuel y soy el capitán de este humilde barco. No se esfuerce mucho y descanse-.

Una mujer, con manchas de grasa en su atuendo que alguna vez fue blanco, le sostiene la cabeza y trata de dar a beber un poco de agua. En unos labios agrietados que a leguas se notan deshidratados y en las mismas condiciones todo el rostro, como si hubiera estado expuesto al sol mucho tiempo. La mujer le explica que debe descansar y recobrar fuerzas, que tiene mucha suerte de haber sobrevivido, ya que ningún otro lo hizo.

Agapito cae rendido y se duerme.

A la cabina del capitán es llevada una bolsa negra, una maleta y un galón naranja con olor a combustible.

-Capitán estos eran los que el náufrago sostenía antes de subirlo a bordo,- señala un tripulante del barco. El capitán determina que el galón naranja es un reservorio de combustible y que lo utilizó para no cansarse por la flotabilidad del mismo. Así que dirige su atención hacia la bolsa, pide al tripulante abrirla y cuando lo hacen encuentran dentro un montón de papeletas de 100 dólares. Esa cantidad de dinero alerta al capitán que ordena revisar la maleta. Cuando la abren, en el interior encuentran ropas, joyas y tres pasaportes. Todos poseen el mismo nombre en su interior Felix Raynell Cuevas.

El capitán sale a la cubierta del barco, mira hacia el infinito del océano. El sol brillante y la brisa cálida lo mantienen pensando qué hacer con el náufrago. En su mente existe el razonamiento de que la cantidad de dinero, además de los pasaportes es un indicio claro de que es una persona peligrosa y debe decidir si entregarla a la justicia, arriesgando su vida y la de sus compañeros o ayudarlo.

Es tal la responsabilidad que el capitán no puede tomar solo esa decisión, así que prefiere hacer una reunión con todos los tripulantes y así decidir qué hacer. Los llama a todos a la cubierta y les plantea la situación, la tripulación consta de seis personas, el Capitán, la cocinera y cuatro tripulantes.

Luego de que todos dan por entendido la situación el capitán pone bajo votación la entrega a la justicia o la ayuda al náufrago.

Al contar de contar los votos quedan dos a favor y cuatro en contra de entregarlo.

-¿Ya que ustedes fueron los que decidieron mediante votación lo qué vamos hacer, decidan cuál se lo llevará a su casa hasta que mejore y podamos dejarlo ir?- Contestó el capitán.

A unanimidad todos señalaron a la cocinera, que fungía como médico en el barco debido a que poseía un curso de enfermería. Así que dirigieron el barco hacia el pueblo de la cocinera.

El capitán como responsable absoluto del náufrago, se mantiene visitando día por día a la cocinera. Cada día lleva alimentos tanto para ellos como para dos cachorros que están en la casa y se queda con el náufrago mientras la dama hace sus cosas.

Capítulo V

Navegando en la Felicidad y Sucumbiendo a la Realidad

-¡Luis Manuel Corre!, está abriendo los ojos!- Se escucha desde la habitación.
-¡Por fin, Lucrecia!- responde Luis Manuel.

En la habitación se encuentra acostado el náufrago que despierta con el ruido de la emocionada cocinera, observando algunos envases de medicamentos colgando cerca y otros dos conectados a sus venas.

-Hola, mi nombre es Lucrecia y él es Luis Manuel el capitán del barco que te salvó del naufragio hace aproximadamente una semana. ¿Cómo te sientes?- dice Lucrecia.

-Estoy bien, Gracias. ¿Naufragio?, ¿Una semana?- confundido pregunta Agapito.

-Si, hace una semana te rescatamos en medio del océano. Estabas aferrado a un reservorio de combustible, una bolsa negra y una maleta- responde el capitán. -¿Qué es lo último que recuerdas?- pregunta Lucrecia.

Desconcertado Agapito intenta sentarse en la cama, pero moverse es incómodo para él y cuando retira la sábana que cubre su cuerpo ve una de sus piernas inmovilizada con yeso blanco. -¿Qué me pasa en la pierna?- pregunta.

-Sufriste una fractura mientras subías al barco. ¿Acaso no recuerdas nada?, ¿Cuál es tu nombre?- pregunta Lucrecia.

-Mi nombre es Agapito, mi tía Edita me lo puso al nacer- Responde Agapito.

Sospechosamente el Capitán se acerca al armario, sacando un bulto grande y desde allí tres pasaportes. Tira el bulto cerca de la cama donde está Agapito y le pasa los pasaportes. -Mira la foto y los nombres en los tres pasaportes- dice el Capitán:

-Es el mismo sujeto en cada pasaporte. No lo conozco- responde Agapito.

El capitán y la dama se miran mutuamente sorprendidos. Lucrecia saca un espejo de mano del cajón de la mesita, se lo pasa a Agapito y le dice que compare rostros.

-¡Soy yo, el que está en los pasaportes!- Dice Agapito.

-Lo que me temía, amnesia. Esperemos sea temporal y recuperes la memoria lo antes posible. Para que vuelvas a tú vida lo antes posible- dice Lucrecia un poco apenada.

-Hemos cumplido como buenas personas nuestro deber, no queremos nada a cambio solo que cuando te recuperes vuelvas a tu lugar y te olvides de nosotros. Aquí están tus quinientos mil dólares, tus joyas y tu ropa. Tómalo y solo haz tu vida- Señaló el capitán.

Agapito sin entender para nada lo que está sucediendo, simplemente da las gracias por haberle salvado.

-No queremos saber de dónde sacaste ese dinero, solo hicimos lo que cualquier persona en nuestro lugar haría, así que no nos agradezcas. Por otro lado Lucrecia, tenemos que recuperar el tiempo que no hemos trabajado, he decidido que mañana zarpamos a pescar a las 09:00, pon todo en orden y nos vemos mañana. Iré a avisar a los demás- dice el Capitán despidiéndose y saliendo de la casa.

-Disculpalo él se ve rudo, pero es un pan dulce- señala Lucrecia.

-Disculpen ustedes por ponerlos en esta posición, tan pronto pueda moverme a voluntad me retiro y gracias nueva vez por todo lo que han hecho por mí- responde Agapito.

-No hay nada que agradecer, por cierto hablaré con mi sobrina para que te ayude en los días que yo no esté y si aún te encuentras aquí cuando regrese pues me cuentas un poco de tu vida. Permíteme salir a poner todo en orden para mi viaje. Descansa- dice Lucrecia.

Al quedarse solo Agapito toma el espejo de mano, observa la imagen que está en el espejo y trata de identificar su nuevo rostro. Un hombre con el cabello moreno, piel oscura, dentadura bien cuidada, ojos color miel y delgado. Se alegra mucho al verse <<Al menos está vez me revivió en cuerpo de hombre>> piensa Agapito.

La curiosidad inunda su cabeza al ver en los pasaportes que la fecha de nacimiento es el 22 de septiembre de 1990 y al mirar el calendario que está puesto en la pared, deduce que justamente un mes atrás fue su cumpleaños.

Sube la maleta como puede a la cama, además ropas también observa joyas como cadenas, pulseras y anillos de oro; luego de verificar todo, fija su mirada en la bolsa y la sube a la cama. Sorprendido por la cantidad de dinero se pregunta <<¿Qué vida llevaba el tal Félix?>>.

De repente se escuchan unos ladridos desesperados en la sala de la casa, por el tipo de ladrido que emiten se sobreentiende que son pequeños, así que Agapito sosteniéndose de unas muletas que están pegadas a la cama, trata de llegar como puede a observar qué sucede.

Entrando a la sala ve a dos pequeños cachorros amarrados a la puerta de la entrada de la casa, son pequeños, blancos y peludos como ovejas. Tan pronto ven a Agapito se ponen como locos, moviendo la cola y ladrando. Al parecer están alegres de verlo, halando y ladrando para que los suelte.

Un sentimiento de familiaridad llega a Agapito al ver los ojos de los cachorros. Cuando los desata ambos saltan sobre él, lamiendo los pies, ladrando y moviendo la cola. Hacen círculo alrededor de su libertador, expresando cariño y felicidad. Agapito se sienta sobre una silla, uno de los cachorros salta a sus piernas y se sienta, Se queda fijamente observando a los ojos. Trayendo esto recuerdos de cuando Cachucha hizo lo mismo. -Me recuerdas a mi viejo amigo, Cachucha- dice Agapito, a lo que el cachorro da dos vueltas sobre las piernas y ladra dos veces. Esto sorprende de inmediato al desconcertado Agapito que piensa: <<es solo una coincidencia>>.

Entre caricias, jugueteos y ladridos; la puerta de la entrada a la casa se abre, de ella una luz brillante trae consigo una hermosa joven que camina como si flotara sobre el piso, es como si viera una hada flotando hacia él, unos hermosos dientes, adornados por sus gruesos y rojos labios, piel tan blanca como la leche y los ojos color miel. -¿Georgina?- pregunta Agapito asombrado.

-Gina, mi nombre es Gina. Quien se llamaba Georgina era mi bisabuela, pero... ¿cómo sabes que me parezco a ella?- Responde Gina.

-Disculpame pero nunca dije que te llamabas o parecieras a Georgina- responde rápidamente Agapito.

-¿Seguro?, Es la costumbre de que me confundan con una mujer que ni siquiera conocí. Mis tíos, amigos de la familia y personas cercanas a la familia siempre me dicen el gran parecido que tengo con ella. Según me dicen soy la viva imagen de su juventud- responde Gina que se extraña de ver los cachorros tan cerca de Agapito.

Por su lado Agapito respira profundo, porque pensó había metido la pata al mencionar ese nombre además se asombra del gran parecido de la joven con su antiguo gran amor.

-¿Cómo logras caerle bien a esos dos, Si desde que lo recogimos de la basura casi nadie se les acerca?- Pregunta Gina

-No sé, simplemente me aceptaron. Tal vez sea porque tengo buena sangre para los animales. Explícame eso de que los recogieron de la basura- responde Agapito.

Gina le comenta a Agapito que un día se detuvieron cerca del contenedor de basura cercano a la casa porque escuchaban ladridos débiles, cuando miraron adentro eran dos cachorros en una funda, al parecer lo habían dado por muertos ya que habían tratado de envenenarlos.

Mientras la joven se dedicaba a contar lo sucedido, la mente de Agapito se transportó al momento que Jofiel le dijo <<Te entregaré dos regalos>>. Sus ojos se innundaron de lágrimas, sus labios llamaron por los nombres (Juana y Cachucha) a los dos cachorros, que se emocionaron al escuchar los nombres y saltaron sobre Agapito lamiendo su rostro.

La joven que no comprende por qué los cachorros le han tomado tanto aprecio al náufrago y mirando a Agapito abrazar los cachorros entre lágrimas y risas. Sonríe con la muestra de afecto de esos tres seres que le animan a llorar de felicidad.

!-Mis amigos, son mis amigosi- Dice Agapito, a lo que la joven más confundida que antes contesta. -¿Cómo pueden ser tuyos, si no vivías cerca de aquí?

Agapito no presta mucha atención a las incógnitas de la bella joven. Continúa disfrutando, jugueteando y expresando amor a sus dos amigos. La felicidad que transmite dicha escena seduce a la joven, que se une al jugueteo de los tres amigos.

Luego de un rato, la joven se pone de pie y le indica a Agapito que debe retornar a ayudar a su tía, para que pueda ir a trabajar el día siguiente.

-De acuerdo, ¿En qué puedo ser útil?- pregunta Agapito, a lo que la joven contesta. -Eres muy tierno pero en ese estado solo puedes cuidar a los cachorros- Se retira con dirección a la habitación de la tía a empacar la ropa de su viaje. Mientras se va alejando, los curiosos ojos de Agapito se enfocan en su cintura. Se imagina momentos íntimos con ella, aquellos que no pudo tener con su antiguo amor y que ahora puede tener con Gina.

Tanto pensar en las cosas que podría decirle a esta joven, le recuerda el nerviosismo que sintió la primera vez que vió a Georgina y que ahora no siente.

Al llegar la noche Lucrecia llega a la vivienda, cansada y con muchas ganas de abrazar a sus cachorros. Pero al llamar ninguno acude a su presencia. Gina que la escucha se acerca para informarle que están con el invitado y que de repente se han encariñado con él, a tal punto que los tomó como suyos. Esto le causa molestias a Lucrecia y acude a enfrentar la situación. Cuando entra en la habitación observa a ambos cachorros en los pies del náufrago.

-Hola Lucrecia, ¿Cómo te ha ido?- pregunta Agapito, -Un poco cansada pero es normal Veo que le agradas mucho a los cachorros- Contesta Lucrecia.

Agapito notando la actitud de Lucrecia, le explica que esos cachorros son dos viejos amigos de él, se llaman Cachucha y Juana.

-Qué curiosos nombres, sabía que esos cachorros cuando los encontré no eran de está zona- Responde Lucrecia.

Gina que se encuentra en la cocina les informa que la cena está lista, así que Lucrecia ayuda a Agapito a caminar hacia el comedor. Sentados los tres comparten una hermosa velada donde es notable que Agapito no quita la mirada sobre la jóven. -¿Cuáles son tus planes Félix? Pregunta Lucrecia, intrigada por el futuro de Agapito.

-Por favor llámame Agapito y dejemos el Félix como un secreto entre nosotros. Yo quisiera comprar un gran terreno, vacas y fundar mi hacienda. De camino buscar una buena mujer que nos ayude a levantar nuestro imperio y el de nuestros futuros hijos. Es lo que siempre he querido- responde Agapito.

-Esta bien te llamaré Agapito, cada quien puede hacer lo que entienda con su vida. Pero te sugiero que pienses primero dónde comprar esa tierra, este pueblo es pequeño pero tiene buenas tierras. Puedes mirar algunos y de mujeres trabajadoras no tienes que ir muy lejos- Responde Lucrecia.

-Pero tiene tía. Él puede irse donde desee, buscar la mujer que entienda y hacer su vida. Esos son asuntos de él- Señala Gina.

-En realidad no, no sé dónde comprar. En realidad no se nada, ¿Te gustaría ayudarme?- Pregunta Agapito.

-Bueno con el dinero que tienes es más que suficiente para comprar algún terreno y animales. Te sobraría para construir una casa, para hacer otra actividad y ayudar a personas en el pueblo. Puedes salir desde mañana con Gina y mirar en los alrededores de aquí, si deseas establecerte en un lugar tranquilo y apartado creo que este es el lugar indicado. Además Gina y tú son de edades cercanas podrían conocerse y quién sabe si en el futuro algo sale- Responde Lucrecia.

-Pero Dios mío tía, ¿Por qué continúas con eso? Te dije que cuando me llegue el tiempo de casarme me casaré- Responde Gina sonrojada y con mucha vergüenza.

-No te molestes Gina, es lógico que cualquier hombre quisiera tenerte por esposa, eres hermosa y por lo que veo aplicada. Sería bueno evaluar si podría quedarme aquí, mañana pensaré si lo hago, por el momento pasen buenas noches y buen viaje Lucrecia- Responde Agapito mientras se retira junto a los cachorros. Mientras camina siente como si se quemara en la parte trasera de su cráneo, al voltear la mirada hacia la mesa se choca con los ojos penetrante mirada de Gina. En esos diez segundos que se ha mantenido la mirada entre ambos el sonido de un clic es escuchado por sus oídos, interrumpiendo el cortejo de sus miradas. Antes de continuar su rumbo sonríe y provoca en Gina también una gran sonrisa.

Entra en la habitación y se sienta sobre la cama. Debate con Cachucha y Juana si merece la cortesía y amabilidad de esta familia. Al mismo tiempo se cuestiona si lo que está viviendo es otra treta del demonio para mantenerlo atado en el limbo, además que todo pinta que las cosas van en dirección hacia donde a él le gustaría que fueran. Recordando así la advertencia que una vez le hiciera Jofiel <<¿y no pensaste que era muy fácil?>> piensa Agapito.

Pero deja de lado todo y trata de enfocarse en lo lindo que sería un futuro al lado de Gina, aunque esta es la Bisnieta de la que alguna vez fuera su amor. Imaginarse tener su propia hacienda, sus animales y esa gran chica; no puede evitar sonreír y sentirse feliz.
Al poco tiempo Agapito queda totalmente dormido.

Temprano en la mañana la joven entra a la habitación, abre las cortinas y despierta a Agapito. -Despierta Agapito y levántate de la cama- Dice Gina. - Buenos días Gina ¿ y esa sonrisa tan hermosa, a qué se debe?- pregunta Agapito, a lo que la joven sonrojada contesta. -Solo mira tu instrumento- al percatarse en la entrepierna, rápidamente le da la espalda a la joven tapando aquello que causa en Gina sonrisa y en Agapito vergüenza.

-No deberías avergonzarte por eso, ya que era yo quien te lavaba allí mientras estuviste en recuperación. O sea que yo conozco lo que tratas de ocultar- señala Gina, quien además le indica a Agapito, -En unas horas va a venir un amigo mío, quien nos llevará en su carro para que conozcas el pueblo-.

-Qué vergüenza, entonces conocés todo mi cuerpo. Pero te dije que lo pensaría, no que quería ir- Responde Agapito, pero con esa gran energía que caracteriza a Gina responde. -Está decidido, si te dejo las cosas a ti nunca las vas hacer. Dijiste de comprar una propiedad así que te mostraré unas cuantas y punto- Ambos sonrieron.

Algo encaja entre ellos dos: la energía de ella algo que él había perdido hace tiempo y la tranquilidad de él algo que ella le parece acogedor.
Así que Agapito durante toda la semana mantuvo dejando que la joven se expresara justamente como era, tomando más y más cariño a su forma de ser.

Por su parte Agapito le compra todo aquello que la joven pretendía con sus ojos, creando un vínculo donde ambos se mostraron como son. Crearon algo mágico que se fusionó en sus corazones sin darse cuenta. Tan espontáneo, acogedor y mutuo como un cuento de hadas. Pero Agapito se cuestiona cada día si debe contarle a esa bella joven toda la verdad de su pasado, antes que suceda lo que inevitablemente sucederá.

Un día en la mañana Gina va abrir las cortinas para despertar a Agapito, pero encuentra todo abierto y a su amigo sentado en la cama. - Querida amiga siéntate a mi lado, quiero hablarte de mi pasado- señala Agapito, pero antes de que continúe es detenido con cierta delicadeza. -Si ese pasado que deseas contarme te ha traído hasta aquí, frente a mí, que durante mi pasado siempre deseé pasar los momentos que paso contigo, y es malo, trágico o traumático, no lo quiero escuchar. No deseo envenenar un futuro que ni siquiera estoy viviendo contigo. Me gustas así tal cual te me has mostrado, así que dejemos en el pasado lo que fuimos y disfrutemos de aquí en adelante- responde Gina quien se acerca lentamente a los labios de Agapito besándolo.

-No digas más. Voy a prepararte el desayuno- Señala Gina. Estás palabras adornadas con el cálido beso recibido por ella, eleva la mente de Agapito más allá de su cuerpo. Desde ese momento todo fluye de color de rosas.

Cada día que pasa crea entre ambos una verdad irrefutable: <<están hechos el uno para el otro>> Piensa Agapito, con cada amanecer, cada beso o con cada segundo que ambos comparten juntos.

Una tarde Lucrecia llega de su viaje, encuentra su casa totalmente sola y sin los cachorros. Así que llama a Gina para saber de su paradero. Al contestar le informa a Lucrecia que está en la Hacienda Cachucha, que Agapito ha comprado una y le puso ese nombre.

Lucrecia emocionada pide a Gina la dirección de la hacienda y sale hacia el referido lugar con muchas ansias de ver a su sobrina.

Al llegar al lugar lo primero que alcanza a ver es un enorme gallo en la entrada de la hacienda, y un letrero: -Hacienda Cachucha-.

-Querida Lucrecia, bienvenida a lo que será mi nuevo hogar y si tú me lo permites también el hogar de Gina- Dice Agapito, sosteniendo a la joven por las manos. Exaltada por la noticia su corazón se desborda en latidos de felicidad. -Sí, si era por mi que esperaban tienen mi aprobación- dice Lucrecia, mientras que Gina explota de alegría, salta sobre su prometido besándolo y abrazándolo. Lucrecia que se asusta le recuerda a Gina por la pierna de Agapito, -Olvide eso tía, solo esperábamos por usted para poner fecha de casamiento- Responde Gina muy sonriente y feliz.

En el éxtasis de las emociones, Agapito llora dando gracias a Dios por permitirle ser tan feliz en tan corto tiempo.

Tres años después, luego de triunfar en sus negocios, de casarse y vivir una vida casi perfecta, Agapito se encuentra en una iglesia del pueblo, durante la celebración de los bautizos a niños pequeños. una mujer hermosa, joven, cabello rojo y vestida de blanco va caminando hacia el lugar de los bautizos. Cada pisada resuena en toda la iglesia llamando la atención de todos los presentes, se acerca a un perturbado Agapito que no puede creer lo que ven sus ojos. Toma a la niña que sostiene Gina y la besa en la cabeza.

-Cuando seas mayor volveré a visitarte para conocerte y compartir contigo. Gracias Agapito, podré cumplir mi anhelo por tu ayuda- Responde la dama hablándole a la niña y creando un clima de inseguridad en Gina, que arrebata de las manos de la dama la niña que apenas tiene dos años.

La dama se retira feliz y satisfecha, va todo el camino riéndose con voz de hombre, desapareciendo al salir de la iglesia.

Todos se preguntaron en ese lugar quién era esa mujer y qué significaba lo que había dicho.

Esa noche Agapito no durmió pensando en escaparse de su compromiso. En medio de su análisis concluyó, que aún no sabía cuál era ese anhelo de su perseguidor, así que sería imposible cumplir su contrato y le esperaba la muerte. Entendiendo esto solo quedaba gozar la vida al máximo durante los próximos años y dejar todo listo para el día de su partida.

Pasaron los años y Agapito vió su riqueza e influencia crecer en el pueblo, así como también a su hija, la cual se convirtió en una hermosa joven que a la edad de diecisiete años había acumulado una fila infinita de pretendientes, pero desde la perspectiva de su padre ninguno acumula lo que ella necesita para ser una mujer feliz.

Un día un joven llegó a la residencia con flores y un regalo en mano, con cierta indiferencia es esperado en la puerta de la casa por unos descendientes de Cachucha y Juana. Gina se acerca a preguntar quién procura su hija, -Soy David y quiero ver a Elisa- indica David a Gina, la cual quedó anonadada con el joven. Rápidamente llama a Elisa procurando llegar pronto a la puerta, cuando ella llega se encuentra con este alto, delgado y elegante joven que atrapa en su mirada a la jóven, que al recibir los regalos de su visitante pregunta: -¿Quién eres y por qué me traes estos regalos?- dice Elisa. -Soy tu primer y último amor- responde David mientras saca una cadena poniéndola en su cuello. Tan pronto David retira sus manos de la cadena, los ojos de Elisa brillan con un color distinto al que tenían.

La joven toma de la mano a su visitante y lo arrastra hacia donde se encuentra su padre, que al ver dicha escena se imagina lo que sucederá, pero una tos comienza a molestarle justamente en el momento que su hija le insiste en que acepte al joven como su novio. Agapito hace un movimiento con la mano, que Elisa interpreta como positivo, cosa esta que le llena de alegría y felicidad. No había forma de que su padre la detuviera, debido a que la tos se había descontrolado, a tal nivel que fue llevado de emergencias al hospital de donde nunca salió.

La salud de Agapito no fue para mejor, ningún doctor encontró cura alguna y dos meses después de ser ingresado en el hospital murió.

El día del entierro todas las personas importantes de la comunidad acudieron a llorar un hombre que durante el tiempo que vivió en dicho pueblo solo hizo el bien para todos.

-Obtuviste riquezas, familia y cumpliste tus sueños, tuviste el privilegio que a pocos se le permite, pero al final debías morir y es que todos deben morir, porque ese es el verdadero contrato. Nacer y morir en una sola oportunidad. Gracias por ayudarme a cumplir mi anhelo el cual fue vetado por el tirano- dice David mientras pone el último ladrillo en la tumba de Agapito.

<<Tú ausencia>>

No es fácil acostumbrarme a tú ausencia

No es fácil verte abundante de belleza

Menos fácil imaginarte en otros brazos en la mañana

Y yo soñando que a mí lado vuelves desconsolada

jericksonolivodavidmercedes@gmail.com

www.ingramcontent.com/pod-product-compliance
Lightning Source LLC
LaVergne TN
LVHW050320160826
845677LV00014B/3491